囍
。欢

囍欢

王小柔 著

人民文学出版社

图书在版编目(CIP)数据

喜欢/王小柔著.—北京：人民文学出版社,2014
ISBN 978-7-02-010313-3

Ⅰ.①喜… Ⅱ.①王… Ⅲ.①杂文集—中国—当代 Ⅳ.①I267.1

中国版本图书馆CIP数据核字(2014)第050625号

责任编辑　陈彦瑾
装帧设计　李思安
责任印制　苏文强

出版发行　人民文学出版社
社　　址　北京市朝内大街166号
邮政编码　100705
网　　址　http://www.rw-cn.com

印　　刷　北京季蜂印刷有限公司
经　　销　全国新华书店等

字　　数　150千字
开　　本　880毫米×1240毫米　1/32
印　　张　8.125　插页9
印　　数　1—20000
版　　次　2014年5月北京第1版
印　　次　2014年5月第1次印刷

书　　号　978-7-02-010313-3
定　　价　28.00元

如有印装质量问题，请与本社图书销售中心调换。电话：01065233595

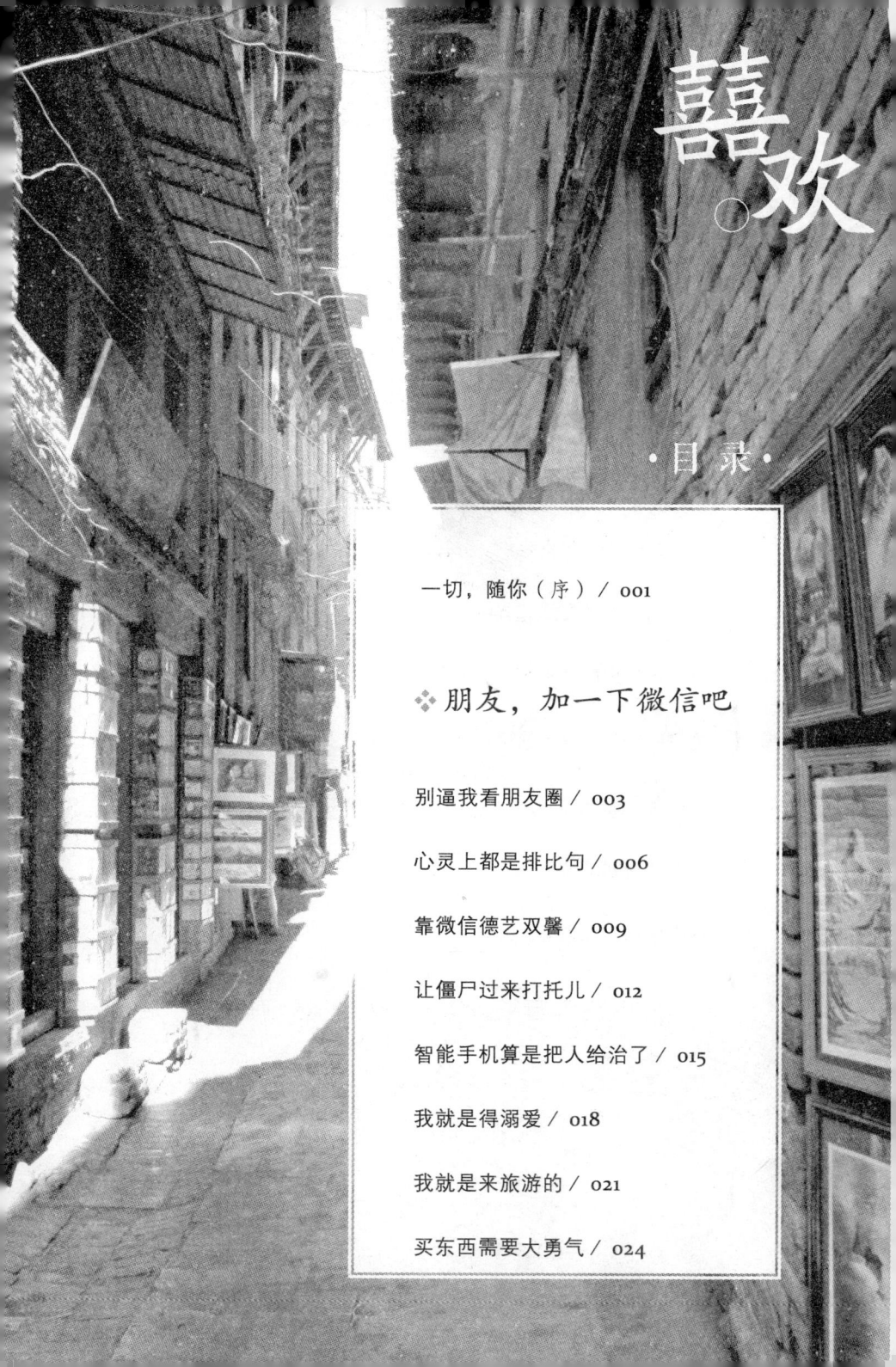

囍欢

· 目录 ·

一切，随你（序）/ 001

❖ 朋友，加一下微信吧

别逼我看朋友圈 / 003

心灵上都是排比句 / 006

靠微信德艺双馨 / 009

让僵尸过来打托儿 / 012

智能手机算是把人给治了 / 015

我就是得溺爱 / 018

我就是来旅游的 / 021

买东西需要大勇气 / 024

❖ 安静里也能听出
人声鼎沸

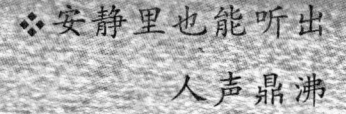

捉鬼归物业管 / 031

别看广告看疗效 / 034

揣在怀里的角儿铁 / 037

为"又有了"付出代价 / 040

电视剧美化了生活 / 044

鹤立鸡群里鹤比鸡难受 / 047

免费体验是件很爽的事 / 051

动物园不能搬 / 054

快递是用来磨性子 / 057

从酸辣汤到鸡蛋羹 / 060

最深情的相濡以沫 / 063

正月里的人情味儿 / 066

记忆的橡皮擦 / 069

永远的另一种解释 / 072

好厨子得有口好锅 / 075

在旅馆里犯病 / 078

也许要的只是祝福 / 081

怎么打扮得分人 / 084

关于穿衣服这档事儿 / 087

还是存点儿心吧 / 090

品质生活就是吃糠咽菜 / 094

兴趣爱好的奇观 / 097

肉去如抽丝 / 101

像打游戏一样过面儿 / 104

心里揣着发财梦 / 107

热爱生活从这里开始 / 110

光脚的要怕穿鞋的 / 114

❖ 安贫乐道是
　　励志语

只有包办才完美 / 119

拾漏儿 / 123

请让狗先走 / 126

闺女你有隐身草吗 / 129

找不到草原的董小姐 / 132

我的骨灰干什么用了 / 135

别用文艺骗人了 / 138

你就发不了财 / 141

在地铁里看戏 / 144

我不想当人了 / 147

那一场呼风唤雨的国考 / 150

告诉黑暗，风景的模样 / 154

❖ 看看别人的地盘里有啥

出发，就是一不走脑子的事 / 163

我也北漂过 / 168

拿盆挡哪儿 / 172

从前有个地方　/ 176

去个能让灵魂鲜亮的地方 / 195

❖ 微言动听

微信语：落在时光里的句子 / 229

你究竟有几斤几两（代跋）·白花花 / 235

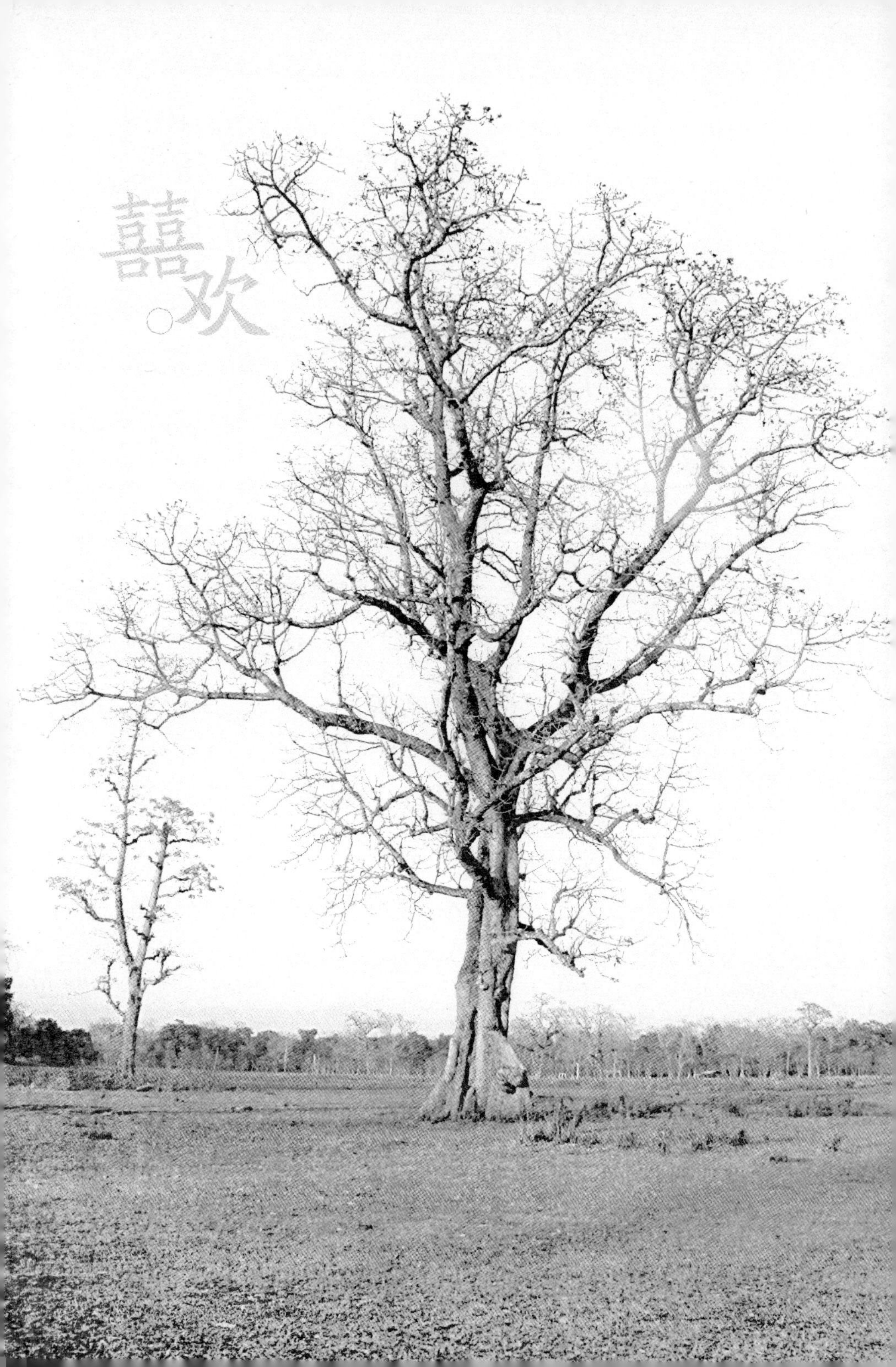
囍
欢

一切，随你（序）

我已经适应了轨道生活。每天上下班坐地铁，很多书就是在这段时间里看完的，文字在任何场合都能让人声鼎沸心烦意乱消停下来。也有坐过站的时候，可以再从容地坐回去，能够返程，是幸福的事。不像人生，全是时光在身后咣当咣当的锁门声。

把历史的还给历史

在天津开往北京的火车上，一个同事打来电话，用特别八卦的严谨语气问："听说你外公是有名的翻译家？"我一边找座一边说："你问点儿跟历史无关的行吗？"我对中国近现代史打心里恐惧。可这同事拧啊，非让我当着一车厢的人在电话里说，好歹我还是有点修养的，答应马上把资料发给他。

我外公叫颜毓蘅，百度里是这么介绍他的：南开大学外文系教授，才学渊博，翻译家，其外祖父陆钟琦，光绪十五年进士，曾任山西巡抚。颜毓蘅就读清华大学时，与钱锺书、曹禺三人按属相被比拟为"龙虎狗清华三杰"。英国留学回国后，在燕京大学、辅仁大学、长春大学等校任教。无党派人士，1955年肃反运动中受到个别谈话审查，在校园内马蹄湖自沉。

看着手机里这简短的介绍，我把目光转向迅速向后飞逝的景物，眼泪才不至于掉下来。记忆瞬间就把我扔回童年，我站在马蹄湖边，一手拽着我外婆，一手去湖里摘荷叶。把荷叶盖在自己脑袋上，然后笑着问外婆："我外公怎么在湖里淹死的呀？这湖这么浅。"阳光很刺眼，以至于我根本没看见外婆脸上的表情。等我长大之后，每一次站在马蹄湖边，都在想：一个人要有怎样的失望和痛苦才能抱着必死的决心把自己沉溺在只有齐腰深的污水中，要受到怎样的奇耻大辱才能在凌晨留下万言长信抛妻弃子结束生命？

更让我想不明白的是，他怎么就不能活下来，就算是单薄的肉身也可以为妻儿抵挡一丝风雨？对于我的这个疑问，外婆从来都不置可否，她的生活里似乎没有过去和以后，只有现在。她的很多句子是以"今天"开头的，比如今天做什么饭，今天干什么事，今天高兴不高兴，特别特别的简单。在风雨飘摇的年代，我外婆一个人像斗士一样承载着历史的重压，知识分子的命运在那样一个时期，被彻底扭转了。

我的童年很单调，只有外婆和一只会说话的鹦鹉，我们每周都要去医院看望在"运动"中精神分裂的、曾经是最年轻的大学教授的一个阿姨。这漫长的路途中，外婆给我讲了好多往事。她说，她的父亲曹元森是给皇上看病的御医官，因为曾用医术救过饱受流行病肆虐侵害的江浙百姓，被封官进宫。我问外婆："会治病能救人，为什么你不跟父亲学中医呢？"外婆说，她的家族世代行医，而她父亲曹元森在临终之时留下一句话："我的子嗣日后世代不许行医。伴君如伴虎。"

后来在查阅清末历史时，看到末代皇后隆裕一段时，文中有这样一段话："据清室内务府总管报称，二月二十二日丑时，隆裕皇太后仙驭升遐等语，当经派员查检，医官曹元森、张仲元等所开脉方，俱称虚阳上升，症势丛杂，气壅痰塞，至二十二日丑时，痰壅薨逝。敬维大清隆裕皇太后，外观大势，内审舆情，以大公无我之心，成亘古共和之局，方冀宽闲退处，优礼长膺，岂图调摄无灵，宫车晏驾？追思至德，莫可名言。凡我国民，同深痛悼。除遵照优待条件，另行订议礼节外，特此通告！"

外婆口中的家族故事几乎蔓延到了中国近现代史，从清朝到民国，从抗战到解放，再到历次"运动"，每一个历史时期的重大事件竟然都有跟我血脉相连的人。家谱上有很多名字，他们的姓氏各不相同，这是满族人的符号。

从我记事起，家里的书柜上就有很多书，一面墙是外公的"天书"，除了英文也有其他语种我根本看不明白的原著，另一面墙是我外婆的，有些还是繁体字竖版书。我的启蒙读物是一套《李自成传》和《一千零一夜》。因为时间都用在看闲书上了，我的学习一点都不好，搁别人家长早急眼了，可在历尽风雨的外婆眼中，她的不闻不问是对我的莫大鼓舞，所以在如此单调的童年中我依然觉得挺幸福。班主任家访，主诉这孩子照这么下去就完了，没准还得留级。大概被数落得急了，我听见外婆慢悠悠地说："谢谢老师那么费心，这孩子学习好不好没什么，只要她身体好就行了。"送走老师，我就拿粮本去东村的粮店买面去了。为了好好表现，又骑自行车换了趟煤气罐。

我很幸福。因为我的童年里有一位温暖的老人。我从来不知道她心里到底承担着怎样的苦，只看见她每天都笑着，对所有人都谦逊、尊重。哪怕是曾经批斗过她的学生。什么是"贵族"，那是骨子里表现出来的温和与气节。

我喜欢看我外婆洗脚，那是一双从小被缠足，为了革命又放开捆绑的脚。所有的脚趾严重变形地被叠加在一起，脚上有厚厚的茧，她得把脚泡软后自己拿修脚刀一点一点地修，脚才不至于在走路的时候那么疼。

这个家族的故事，像部长篇大戏，剧情起伏跌宕，如果有时间，一定得把它写出来。

外婆特别有意思，留了一个存折给我，上面有七百美元，八十年代中期，一个小孩跟七百美元之间能产生什么联系，没人知道，外婆悄悄跟我说，如果以后老师还数落你，就拿这笔钱出国吧。后来，我把存折交给了我妈，她觉得不好好学习就出国太天方夜谭，于是把那个存折给了一个更需要钱的阿姨。

我想，骨子里我也许应该是个阴郁的人。不可言说的家族故事，让我习惯性沉默。外婆告诉我，人首先得活着，其次要健康地活着，最重要得心情愉快地活着。所以，我把历史放回历史。我把性情中的阴郁掩埋，做个乐观开朗的人。

对跌宕起伏的岁月保持微笑，这何尝不是一种勇气？

日子还是段子

翻篇儿，咱说书吧。

整本书里的记录都是生活里的小打小闹儿，如同戏法，笑一下，这个片段瞬间就过去了。记录这些到底有什么意义，我也不知道。或者就像在月份牌上画个记号，提醒日后大脑失忆的自己，这一天，我过得挺高兴。

让一切都简单下来，日子就顺畅了。

很多人喜欢旅行，我也喜欢。当我不停升级自己的照相装备后，却总是发现，等你转了一圈儿又回到自己的城市，留在记忆里最深的不是风景不是人像，而是一个孩子仰脸望向你的纯净眼神，是一双温热的被你握住的满是皲裂的手，是粘在登山鞋上怎么也蹭不干净的泥巴，是与陌生人的相遇，是相机来不及记录的许多。所以我学着离开相机，只用眼睛与自然交流。最美的那面湖水，不是眼前，而在心里。

我的生活很单调，我喜欢这样的单调。上班的时候安贫乐道，下班的时候往地铁站跑，挤在人群里，同呼吸共命运，一站一站走走停停，一般到差两站该下车的时候电话会响，一个小男孩稚嫩的声音在里面问："妈妈，你还有几分钟到家？"生活还需要复杂吗？我宁愿停滞在这个点上，用一颗风平浪静的心，守着天伦之乐，"从你小小的身体，望向你长长的一生"。

每一天，都是上天的礼物。

有一天，我的同事白花花跟个大棕熊似的张着俩手，打办公室外面一蹦一跳地走进来了，还斜挎着个小军绿包，跟长途车售票员似的。然后径直走到我面前,嬉皮笑脸地说:"我刚才在大马路上摔了个大马趴!"我心里一揪,赶紧转脸看她,高级呢子外套和牛仔裤上确实有土,再看那双张开的熊掌,都挫红了。我问她:"你是被车撞了吗?"她扭了一下腰身,头发往后一甩说:"不是,我自己摔的,就在大马路中间!"看那高兴劲儿,跟捡了笔钱压根不想拾金不昧似的。

我刚想嘘寒问暖,又进来一个同事,人家还没坐住,白花花张着俩手就奔过去了,摊开俩手跟人家说:"我刚才在马路上摔了个大马趴!"这难道是个喜讯吗?

可她逮谁跟谁重复一遍,干等着对方关怀:"哎呀,怎么回事啊!"她再一五一十重复一遍摔下去的瞬间。这闺女生活中得多缺少人疼啊,无缘无故摔个跤嚷嚷得满报社都知道了。鉴于她这把年纪已经当上了领导,所以大家都恭敬地叮嘱着。只有我,在她各屋转了一圈之后,还叨叨自己摔跤这事,我开始质问她:"你说胖艳吧,体态丰腴,人高马大,关个抽屉都能把自己的胸给掩进去的同志,才穿三十六号的鞋,远看近看都是陀螺体型,人家怎么从来就不摔跤呢?就你,到处'大马趴、大马趴'那么描述,丢人吗?"白花花沉重地点了点头。然后跺脚问我:"那你说怎么办呢!"我说:"你回家赞美我四千字;锻炼锻炼小脑。"她居然答应了。

说实话，给她布置的任务连我都忘了，可白花花，愣是早晨六点就起床，这对于一位常年一觉得睡到中午十二点以后的中年妇女是多么大的毅力啊。她说："我写了三千五百字，有一千多字看着不顺眼，又删了。"虽然以迈两步退一步的速度，可她还真唧唧歪歪地写出了不少字，十七年的对桌，真是没白坐。

投脾气的朋友就像跳跳糖，在舌尖上一阵噼里啪啦，你拿口水把他咽了，他就跑到了你的心里。我很高兴，认识了他们，并且还走了一段挺长的人生路。

当然了，在这条路上也有一些无疾而终的友情，等你定睛一看的时候，已没了踪影。他们下车了。道路的远方还有道路，唯有淡忘，才能成全他们的快乐。

有一天，白花花叨叨了一下午心情不好，问及原因，说看到了一个认识多年的朋友人性中卑劣的一面，她很难过。谁没有心情不好的时候呢，被朋友伤害的时候，我们曾怎样哭泣过，大雨如注？可眼泪总有干的时候，这就是美好的，值得莞尔一笑。

这些杂文，真的很杂，荒草丛生般没有章法。我从来不试图给它们归纳意义，如果你觉得活着有意义，那它们就是意义；如果你觉得活着都多余，那它们就是垃圾。一切，

随你。

坐地铁的时候，所有人低头看着手机，一车厢很肃穆，集体默哀一般。自媒体时代，手机变成了人体外挂器官，它起搏着你的所有时光。朋友圈，多美好的词儿，说得跟一包糖豆似的那么甜美。朋友们都很大气，高屋建瓴，时不时转发的东西也不知道他们自己看没看，那么小的字，那么长，我眼睛都快看瞎了。我很排斥社交平台，我觉得我不需要社交了。可在不知不觉间，却随波逐流也有了微信公众账号。我要求自己在公众账号上发的东西尽量别超过两屏，还要用质朴的声音给大家讲讲故事。

我喜欢故事。各种各样的故事。生活因为故事而变得更加有趣。

囍欢

❖ 朋友,加一下微信吧

- 如果说画地为牢，那微信就给我们又画了个圈儿，那东西还链接着银行卡，你不但能花钱，还能理财。你要是闲得难受"摇一摇"还能晃悠出一群别有用心跟你主动搭讪的。你以为有了社交网络你的世界就别有洞天了吗？其实你的世界只剩下一个洞了，你就等着坐井观天吧。

- 我们把自己变成了一只蛤蟆，可脖子喊着，希望有更多蛤蟆能跳进来。这就是微信最大的功能。

别逼我看朋友圈

曾经被广为流传的微博上有"四俗":城里开咖啡馆、辞职去西藏、丽江开客栈、骑行318。他们脖子整天挎相机,走哪都穿冲锋衣,人手一个iPhone机。这四条多文艺啊,根本不是一般有理想的人就能干得出来的。如此对比之后,显得我特别有情怀,特别雅,因为我微博里发的那些,不是厕所里贴出的怪异告示就是哪个摊儿上的螃蟹又便宜了。人家的微博与生活有关,我发的微博都是活着那点儿事。

微博的阵地忽然让微信给拿下了,原来坚决不用智能手机的白花花都禁不起周围人的撺掇和白眼儿,跑网店花四百块钱买了个触屏手机,还赠了白色手机套呢!白花花一上来可劲儿发微信,一会儿一个字母,一会儿一个表情,可算会使了。她划拉到微信上,看见"摇一摇"仨字就可劲摇,真听话。然后看了一眼手机,兴高采烈地蹦了起来,像个没智商的小姑娘尖叫着说:"呀,看我有好多好友耶!"我瞥了一眼:"别叫那么大声,你把八百里外的三陪小姐都给摇晃来了。"这闺女很费解地看着我,随便找了个人去打招呼,立刻人家就给了她一个报价,问是否要全套服务。

白花花问我这跟 QQ 有嘛不一样，我还真说不上来。就跟夏天的游泳池一样，大家都往一个坑里扎，还互相往身上撩水玩。微信就因为在不同场合上的一句"你有微信吗，咱互相加一下"，带着一股烦人劲儿就成了生活必需品。

微信里所谓的朋友圈，也有三俗：有孩子的晒孩子，没孩子的晒宠物，没宠物的干脆晒自己。我们的原创本事也就到此为止了。凡是自己发的就这老三样。孩子和宠物，不多加评价，因为这在很多人心里是生活的重心，但你深爱的，我未必一定也爱。所以，我一般都会对那些不分时间段出现的狗脸直接选择"屏蔽此人微信"，一条狗的生活起居真耽误我微信阅读时间。

有一次遇见一位美女科学家，她年纪轻轻却能用斑斓的科学术语把我一次性聊蒙，实属不易，所以我对她崇拜有加。在这么一个连电视剧里都频繁出现富二代的时候，还有人热爱科学，还有人对不同分子结构在时间和温度轴轨上的演变产生兴趣，是件多么不俗的事。所以，在她要求互换微信的时候，我们都当着对方面给彼此发了个笑脸，就算可以窥探对方思想、兴趣爱好以及私生活了。

女科学家发微信的时间是不固定的，但一般都是两个时辰，早晨或晚上，不过内容都是一样的，全是仰着脸，瞪着俩大眼看镜头，偶尔鼓着腮帮子作卖萌状。再瞧那张脸，本来就已经化了完美的妆，还要再拿美图秀秀 PS 一下，脸的立体阴影全被抹去，那叫一个白！躺在棺材里直接可以盖盖儿了。她给每张自拍照都配了说明文字，如同落寞的风尘女子，不是"今天好无聊哦"就是"依靠的肩膀在哪"，还有一些是直接用脏话骂大街的。连续看了几天，我就开始怀疑当初那个阳光热情热爱科学事业的女孩真实吗？为了依然能在一个层面上保持我们对科学的探讨，我果断屏蔽了她的微信。

还有一个朋友，平日给我留下的印象是豁达幽默的感觉，连她老公外遇都看得轻描淡写。再瞅她的微信，满眼都是莺歌燕语，分析男欢女爱，展示自己的家庭生活如何比蜜甜，一个月晒了四次西红柿炒鸡蛋，晒了两次他们家的写字台和小院里的那把椅子，晒了她和老公的摆一块儿的日用品数次，配图的语言真张爱玲啊，全是正能量，说这样一茶一饭的日子才是白头到老的幸福。可是，明明在看见这条微信的白天，她还骂骂咧咧地在说自己打算离婚的事。

于是，我不再看什么"朋友圈"了，有事打电话吧！

心灵上都是排比句

我觉得智能手机实在有点儿多管闲事了。

有天晚上我闲得无聊,开始刷新微信,看看那些我关注过的百十来号人这个时间点都在发布什么。对于"加关注"这件事,其实来得挺不情愿的,因为那些道听途说只打过一两个电话的人也会无比热情地要求跟你彼此关注,虽然我一点都不明白多一个粉丝少一个粉丝对一个人的名誉有什么影响,但还是关注了很多旁不相干的人。其中有一个斯文男士,每到夜半就发一堆黑白的人体艺术照,也不知道都打哪儿下载的,光溜溜的男老外女老外被拼在一起,我从来不点大图看,让我纳闷的是那斯文男士平时给人的印象又高端又文艺,怎么也不像爱分享裸照的人呢。我正琢磨着,一个短信进来,我手一划,短信没打开,却给一张男裸照点了个"赞"。

本也没当回事,谁还不能手欠赞美一下艺术人生啊,可最要命的是,没五分钟,系统自动将我"赞"过的这张裸照推荐给所有好友,还特意说明是我推荐给大家的。

智能手机!用你?!

一朋友的狗死了,她在微信里缅怀跟狗在一起的光辉岁月,动情之处令人欷歔，我跟强迫症似的，一打开"朋友圈新微信"就看见她在那诉说从前。最后，当她痛苦地写到狗咽最后一口气的情景时，我看见另一个人点了个"赞"。这个"另一个人"很快给我打电话，问怎么才能把"赞"给删除了，她本来想回复句安慰的话，但手一哆嗦，那个"赞"就挂在狗的网上灵堂了。这么高科技的事我哪懂啊。随后就看见"另一个人"用断断续续加起来能有一千来字的肚量去缅怀那条狗的一生，如泣如诉就跟她成天跟着朝夕相处似的。也不知道主人原谅了那个"赞"没有。

我这个人平时就不用微信，顶多充当个发短信工具。可那天手又欠了，顺便看朋友圈，发现一个不错的链接。因为觉得挨个人转发太麻烦，所以就按了几个"加号"，把会有兴趣的善男信女点了一下。但哪承想，要转发的没发出去，却自动建了个聊天群。那些名字满满当当地挤在对话框里，有没事干的人迅速就跳出来频发各种表情。我这恨自己啊，这上班的点儿，得多无聊的人才能干出组建闲聊群的事啊。而且那群里被我拉进去的，除了身边的三教九流，还有一些名人，把这些人给硬凑一块的后果不敢多想，我赶紧自己按了删除。可微信这破东西，只能允许你掩耳盗铃，你以为你自己看不见世界就清净了，可闲聊群还在，众多这辈子都没可能遇一块的人让我都给关在一个群里了，还没法解散。

我在内心饱受各种揣摩出的群众的鄙夷。这手机怎么比我还欠呢！

微博上那些你关注的人平日说的闲七杂八，只要你不特意去看，都跟流水一样从你后院悄无声息地淌走了。可微信不然，叮当五六人家说什么都给你推送到手机里。那些心灵鸡汤的碎碎念哦，一段一段的人生警句跟剁碎的饺子馅一样，被不停地转发。我特别佩服那些出口就能成心灵鸡汤的人，脑子里得都是鸡精吧？最近流传的心灵鸡汤特别多，到处都是排比句。微信里你转我转，这让我想起一个笑话。有个青年问大师："师父，心灵鸡汤几何，方能笑看人生？"大师突然一耳光把青年掴倒在地，递了一把感冒药给他。青年吃完药顿悟："师父，您是说我对鸡汤的修养还弱，生活中应该随时用鸡汤来提升自己么？"大师摇摇头说："你吃错药了吧！"

使智能手机使得我心灵上都是排比句。所以，我打算从抽屉里把老诺基亚拿出来，擦擦油泥，靠自己的智商活着。

靠微信德艺双馨

被朋友叫到北京，为了显示高端商务范儿，他特意选了能俯瞰长安街的外国咖啡馆。怕我找不到，还特意发来了咖啡馆的英文名字，一长溜字母的短信，我明白他那意思，根本不是担心我找不到方位，而是知道我读不出英文发音。我确实是举着手机，问保安："麻烦您，这地儿在哪边儿？"保安也不会读，直接告诉我："你往右走。"

我到的时候，他正假模假式地回邮件，不抬头，目光平移了一下，也就看见我的胃部，说："你坐。"就跟我是来应聘似的。我把手机在桌子上磕磕，"哎哎，别装了，你喝嘛？"他沉吟了一下，"咖啡太甜，我来一壶茶吧。能自己喝吗？"服务员很谦卑地探身轻声说："您能自己喝。"我在心里大笑，就算外国咖啡馆也不提供喂水服务啊。我点了咖啡。服务员的背影还没消失呢，他忽然说："不够喝怎么办呢？"这人是打沙漠刚放出来的还是刚吃了一斤大盐？

不过，话得说回来，人家外国咖啡馆服务就是好，平均每喝三口，服务员就拎着热水壶过来给你续水，估计心里正骂："喝死你！"最后逼得商务人士按着茶壶盖，说："够喝了，够喝了。"看他喝水的劲头,弄得我直想上厕所。

这高端地方厕所真豪华,到处都是镜子,洗完手我一抬头,发现四面八方都是我,转身走,一头就撞玻璃上了。这是厕所里的骇客帝国啊!那些我都那么惊慌失措,东看西看找不到出口。这时候,忽然视线里又进来一个女的。我赶紧顺着她的方向突围。等我坐定,始终忙着灌大肚儿的商务人士眉头微皱,很认真地问:"微信公众账号你是怎么管的?"我说:"我要是闲得难受就发一条。"他的左右三个手指依次在桌子上轮,节奏跟马蹄子似的,"这怎么行!都新媒体时代了。"我把目光伸向窗外,我在琢磨为嘛在女厕所里安那么多镜子。商务人士以为我在思考,他把笔记本电脑啪的一下向我转过来,"你看一下,人家!"同样是媒体人,那活跃度简直跟炸了营似的。我立刻来了劲头,问他:"人家怎么弄的?"他说:"送东西!你们家什么富余?"我说:"电视。床垫。饮水机。还有一个电脑。"他说:"都送出去。"我当时就急了,要不是在外国咖啡馆我就跳脚了,给卖破烂的还能换几百呢,凭啥就得散尽家财呢?他说他自己一度为了让粉丝活跃,天天送东西,把老婆给他买的新衬衣都送了。送顺手了,真可怕。这厮是专门做微信后台测试的,所以总是需要分析各种数据。

跟他谈话的结论是,我得认真对待主动找上门来的那些微信粉丝。如果快乐的生活状态是一种稀缺资源,我愿意让更多人觉得活着是件很有趣的事。所以，我开始在微信里讲故事。因为有时间限制，所以必须把趣事在一分钟内唠吧完。我问商务人士，用做个片头吗？他说：矫情。我问，需要配乐吗？他说：不真诚。我问，用进棚吗？他说：别废话，手机录。

我只有一分钟。一件事在脑子里盘旋了很久，打嘴里唠吧出来，一看，一分三十九秒，删除。再来一次，一分二十七秒。半夜两点，我一个人对着手机口若悬河。因为词越来越熟，语速越来越快，到一分零六秒的时候，我已经把一个破事叨咕八遍了。有朋友说，听微信得提着个心，生怕我一口气上不来自己把自己噎着。还好，所有起承转合的语气咱这一口气都下来了。

现如今，当个媒体人真不容易，还得能横跨曲艺界。

让僵尸过来打托儿

一个同事闷头在电脑前忙活。忽然他高兴地对着屏幕鼓掌，我问，你美嘛呢？他说："前几天淘宝上买粉丝还十块钱五百个呢，现在搞活动六块钱五百二十五个呢！"把粉丝说得跟买萝卜似的，论堆儿。我很好奇，要这些僵尸粉凑数有什么用呢，一直记得朋友的妈妈对她说的话："我就不明白你花那么多精神儿弄二十万粉丝高兴个什么劲儿，有那时间挣二十万块钱多好呢？没看见最近进监狱都是粉丝多的人吗？"可在这个风口浪尖上，我的同事还拿着身份证给自己拍照上传，又到处买粉丝。

后来他说，是为了注册微信公众账号。那儿有要求，必须微博上有五百个以上粉丝才能有资格注册。听着怎么这么瘆得慌呢，就像一个人在墙上贴了无数小人儿，然后开始给它们读诗，不求有回应，只求自己心里装着它们。"僵尸粉"这个词太贴切了，而热衷用僵尸粉充门面的人，简直就是跳大神儿的。

我的同事小声说："微信能挣钱。"倍儿神秘，还怕被别人知道似的。我说，我就看你刚花了六块。他又弯着腰，拿手半挡着嘴，"××，收微信的会员费，一个人每年一百多块钱呢，光微信就能挣一千多万。"在这句"一千多万"还飘荡在我耳际的时候，他迈开大步走开了。人家招募的都是活人，你这拉拢的净是僵尸，再说了，天上有那么多馅饼用于普度众生吗？

前几天，跟一个出版社朋友聊天，指着畅销书排行榜上的一本脑残书自言自语，"我就不明白这样一本垃圾书，怎么刚印出来一个月的销量就能超过好作家一部作品两年的销量呢？"出版社的朋友惊讶于我怎么会问这么低级的问题，他说："你知道一个出版公司手底下有几千个注册号吗？"我摇摇头。他喝了口水接着说："用这些账号刷评价，用这些账号大量回购同一本书，销量可以冲上榜首，买回来的书可以继续向外发货。其实就是让书去网上书店转了一圈儿，可是声势造上去了。人们喜欢跟风，僵尸推荐的书照样销得不错。"

让僵尸过来打托儿，是自媒体的整体特征。

口口声声责令我必须认真对待微信的朋友说，现在是靠智能手机叫卖的时代了，你不用微信就傻了。微信的功能主要是用于分享，你点开朋友圈儿，就会觉得温暖，可是你打开微博，到处都是苦大仇深。在她的强烈推荐下，我认真观察了每个人发在朋友圈儿的微信，尽管很多人只是有个电话号码，仅此而已。大部分都是转发某个页面，有孩子的人转发的多为美食和育儿注意事项，出版社的人转发的多为新书推广，娱乐公司的人说的都是今天有什么节目让大家赶紧看赶紧互动，媒体的人则是把当天惹眼新闻事件择吧择吧放上链接……当然，也有成天发自己嘟噜着嘴卖萌照片的，还有每到午夜就说孤独寂寞吃药都睡不着觉的。

身边的人从来没有像今天那么需要别人的关注，我一次又一次地遇到有人要求互加微信的，有时候碍于面子只好当着对方的面加上，这个方式很时髦吗？我一点也不觉得它跟微博有太大的区别，有人能把他晚上参加饭局吃的每一道菜发上来，而有的人，自打加了微信一直干净利落地不言不语，充当僵尸。

我们不缺少社交软件，我们缺少的是社交能力。自媒体时代，人人都像发泡起来的海参，传说营养丰富，吃起来却毫无味道。

智能手机算是把人给治了

我以为人到了一定年纪接受新鲜事物的能力就差了，可事实证明争奇斗艳的人多了去了。有一次在地铁里遇见一个脸熟的大叔，到底曾经在哪见过根本记不起来，当然估计他也早忘了我是干吗的了，彼此本着喜迎八方宾朋的仗义情怀在互相凝视数秒之后，相视一笑说："您也坐地铁。"这不是废话吗。没话找话的时候我一般都会挑一件别人身上的饰品没底线地夸，所以我很自然地就说："手串儿紫檀的吧？"大叔拿另一只手掐住一个珠子猛搓，"这东西不在贵，我这个被好多大师加持过。"言毕，打手上哗啦一下扯下来，在鼻窝处猛蹭，从脸上拿下来直接递到我面前，"哎，你有微信吗？"我往后躲了一下跟油果子似的手串，心话儿，那是紫檀的吗，别再是面筋做的吧？我摸着自己的手机特别有礼貌地说："微信啊，我是一个没微信的人。"颔首一笑，心知肚明地说谎。

大叔一路都在问我，怎么不弄个微信，现在联系都靠它。幸亏地铁里信号不稳定，要不手把手地教太瘆人了。那油渍麻花的大手串，扔锅里做套鸡蛋灌饼都有富余。从晚上九点开始，这大叔就一次又一次在微信上请求关注。

转天，有出版社的朋友在 QQ 里问我有没有微信，我问干吗呀，他说："联系着方便。"为了加微信，还特意打过来一个电话。添加完了我就纳闷，明明有电话，有邮箱，有 QQ，有微博，甚至连我们家地址都有了，怎么还得要微信呢？可是，所有使用着微信的人都坚定不移地要求你加上他们，仿佛你拒绝就没拿人家当朋友。

还有人问："你为什么不写朋友圈？"或："在你那转个微信，帮我宣传一下。"这个时候，我会举着自己空空的微信告诉他们，我平时几乎不看，最多拿它当个免费传话筒用。

自媒体的概念又被移植到了微信上，我记得当初刚有博客的时候也这么忽悠来着，可我为什么要当自媒体呢？我就是一个想安稳过日子的人，咱也不致力于弄几百上千万粉丝给他们发小广告挣钱，有那工夫我还不如一门心思修炼自己，挣出个几百上千万块钱呢，那玩意儿比粉丝瓷实多了。

一位同行经常在午夜梦回的时候给我发微信催稿，手机一阵叮当叮当，她的作息时间仿佛在大洋彼岸，其实跟我就隔着两栋楼。只要我有事推诿无法按时交稿她就会得意洋洋地给我发回一条又一条我自己说过的话。那些小绿条儿，在手机里就是祸害。她说："你自己听听吧，你答应的什么时候交稿，你的话都在我微信里存着呢，别想抵赖！"大半夜听自己的声音打我的手机里嬉皮笑脸地传出来，后脊梁骨都冒凉风，立刻打

囍欢

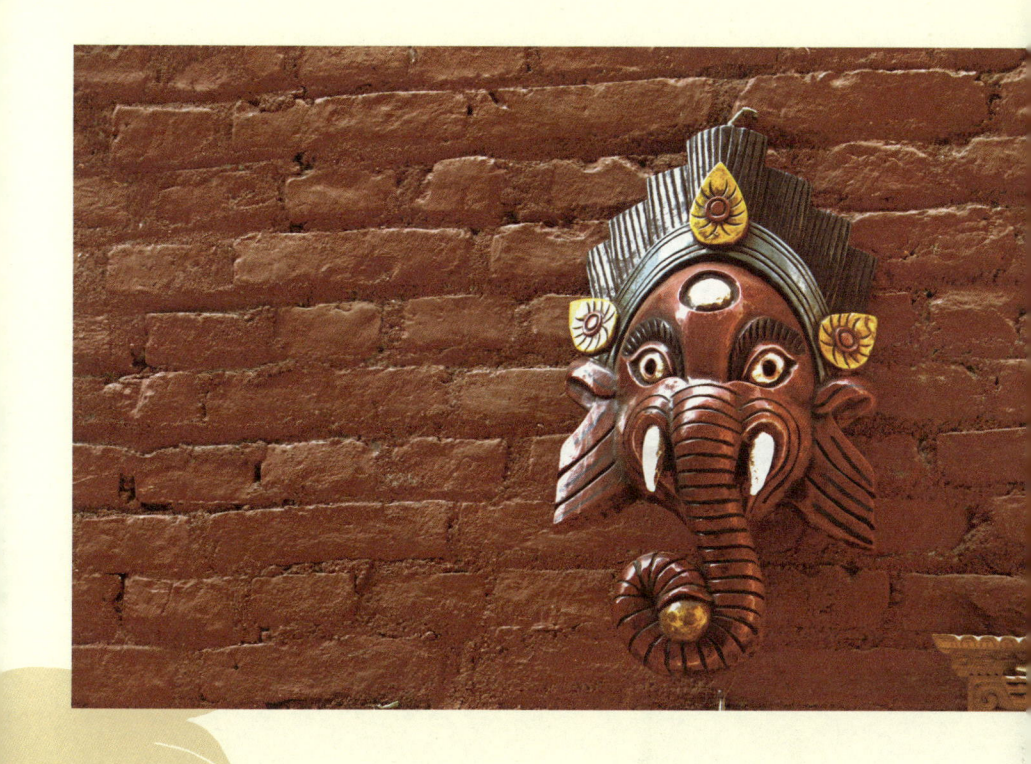

◆ 活在这个日益进步的社会里,常常会觉得不安,内心的浓烈被不断稀释,最后,像一瓶假酒。我们祈求神灵护佑,渴望明媚与微笑。让心,返璞归真。

囍·欢

◆ 无数次地重复。拉坯、上色、晾晒,每个都有着微小差别的存钱罐铺满了广场。匠人的眼里,遍地稳稳的幸福。

开电脑就工作。

当初觉得能省话费,用微信语音,现在发现小辫子都被人家抓在手里,太能存话了!

以前的手机,最多能存点儿短信,现在那么多的APP应用,我见过一个闺女把自己的体重跟踪,以及"大姨妈"来去时间都记录在案,APP通过不同时间段的数据分析给你提供相应的营养及运动的配比。而且任何一种APP都能跟微信链接,没准哪天你手一哆嗦就群发了。

智能手机算是把人给治了。你不觉得你在手机面前跟个只会动大拇指的二傻子似的吗?越来越多的社交软件,让我们越来越丧失社交能力。就算我们比肩,沉默的时间更多了,大家都低着头鼓捣那个有智能的东西,手里的手机通电话的功能倒是次之了。

大城市扬言要WIFI全部覆盖,多可怕。我倒是更喜欢一个咖啡馆里小黑板上的一段话:这里没有WIFI,收起你的手机,跟旁边人说说话吧。

我就是得溺爱

有个朋友，年轻男性，最近总是来去匆匆神色慌张，我问他你这些日子忙什么呢？他面带喜色说："我养了只狗！"我质问他为什么不给大家发喜糖，他没有搭理我的问话，掏出手机跟找菜单似的拿大拇指在上面迅速划拉，弄得我眼球一甩一甩都快给晃悠瞎了。终于，他停下来，特别骄傲地挺了挺胸，跟夸自己孩子似的又把手机往我眼前一举："怎么样长得？"我把他的胳膊往下扒拉了一下，因为眼球迅速运动之后都快斗眼了。

他说那是泰迪狗，品性刚烈能看家护院。蒙谁呢，哪个小区里没这种狗啊，长也长不大跟个玩具似的人前人后地跑，还起了个熊的名字，指望它看家护院简直就是对犯罪分子的侮辱。我把他手机里堪称最美的几张照片反复看了几遍，抬头看看他焦灼的等待赞美的样子，把满肚子坏话生生给咽下去了。我虽然不养狗，但绝不能伤害养狗人的爱心。

很快，这个家伙把所有网络头像都换成了一张狗脸，经常在晚饭后，微信一响，打开界面就跟它面面相觑。这狗叫龇龇，因为长了一对儿大龇牙。咖啡色的卷毛毫无秩序地耷拉在脸上，既邋遢又流氓，以至于这款不休边幅的发型让我想起一个每天拎菜篮子上学的中学男同学。龇龇的眼神倍儿幽怨，就跟考试作弊让老师当场给没收了卷子后的神情一样，用吊儿郎当来掩饰内心的茫然。

我经常面对着大龇牙的这副嘴脸很认真地在微信里探讨大数据时代的媒体未来。

自从养了狗，每次活动他总是晚来早走，特别高兴。我随口问了一句："你们家狗最近怎么样啊？"他立刻跟用魔法棒点了一下似的，一边满脸灿烂地笑，一边抄起手机单腿儿交换着蹦蹦跳跳就过来了，我都想给他脖子上戴条鲜艳的红领巾。他站在我旁边，兴奋地又开始在手机上划拉。我在内心深深地谴责自己嘴真碎！

他很兴奋地告诉我，自己每天都在跟龇龇抢屁屁。我立刻把嘴张得很大，问他是用这有机肥养花吗？他使劲地摇着头给我普及知识，因为大龇牙拉完屁屁就自己吃，为了让它不做这种内循环，他要在大龇牙拉完的第一时间往狗屎里添加辣椒面或咸盐等食品添加剂，然后等着大龇牙吃完重口味能幡然悔悟。可他忘了"狗改不了吃屎"的千年古训，始终在家调狗屁屁玩，而且还挺欢乐。

忽然有一天，他打来电话，说聚会参加不了，因为"狗病了"。后来我才知道，在通知我之前，他还通知了很多人。那天的活动基本上就围绕着"职场能不能因为狗请假"展开了讨论。

大龇牙得了什么病不知道,宠物医院不收,让他回去给弄个暖水袋焐着,大夫觉得没什么抢救必要,因为所有器官都有衰竭迹象。我觉得是大龇牙成天吃加了辣椒面的屎闹的,但我没再跟他探讨这事。

据说一个内心创痛的男人抱着回天无力的心爱的狗哭了一夜,他说龇龇很多次都想挣脱他的怀抱往别处扎,但他还是觉得怀抱会让它走得温暖一些。后来另一位朋友说,小动物在要离开这个世界的时候都想藏起来,不愿意在世间暴露死亡。我没研究过动物心理学,但对于一个鲜活生命的突然离去,站在养狗人的视角,还是歆歂了一下。

这位悲痛的朋友一手抱着小狗遗体,一手拎着铲子找到小区保安商量能不能辟块儿墓地,被断然拒绝,他又跑到隔壁小区询问保安,人家当然更不愿意了。这事要搁我,趁月圆之夜找个地方挖下去就把狗埋了,哪像他那么实在,恨不能去物业开个规划证明。

在大龇牙"头七"那天,我碎嘴地问:"你把狗埋哪儿了?"他说:"哪儿的保安都不让我埋,我就把它海葬了。"我大惊,这离海也不近了他又没车,他说:"就扔河里了呗。"我把嘴张得更大了。

我就是来旅游的

　　北京的张小姐短信告知欲来天津，我率真地回复：我带你去"狗食馆"吧。她说："不，我要去天津过两天民国生活。"我打出生就在天津过百姓生活，多犄角旮旯的美我都知道，可是怎么生硬地退回到民国，还真不知道，我最多能带她回到万恶的旧社会过过苦日子。所以张小姐到天津的时候我并没得到通知，等意识到她来了的时候，张小姐已经开始频繁在微信上发蓝天白云和路牌的照片了，像个诗意的女中学生。

　　我打电话尽地主之谊，张小姐说正在等马车，真高端，说得跟到了英国老电影里似的，我强烈要求视频通话，主要想看看马长什么样。张小姐的脸很快就填满了我的手机屏幕，烫着个撒切尔夫人的头，大草帽上还耷拉下来一块面纱，整个人仿佛出现在蚊帐里。我关切地问民国生活到底是啥样的生活，张小姐拿手捏住面纱打嘴边往外拽拽说："亲，就是坐马车哈。"我惊得脑子瞬间没反应过来，嘴就显得笨了。她把手机一歪，我看见马了！我说，我借你自行车，你可以在小洋楼里到处转转还能随处停。但话没说完，张小姐已经坐上了马车前排，特别幸福地说："坐马车多气派。"

随后在微信的朋友圈里,张小姐发了无数以马后脑勺为背景的天津五大道风景。下面有一串儿小伙伴们无比羡慕的回复。

中午时分,张小姐电话催我去吃饭。她选了一家最有历史感的西餐厅,说坐在里面能够怀想当年遗老遗少的浮华生活,墙上还有好多名人的黑白照片,她特别强调自己在钢琴旁边等我。我匆匆忙忙往地铁站跑,满脑子白桌布配黑白照片的景象,这还能吃得下去饭吗?张小姐电话平均五分钟一个,问我到哪儿了,话里话外非常看不上我有车不开的行为。

说实话,我进这种高档西餐厅挺自卑的,中英文菜单会让我满眼茫然,菜品后面的数字更让我恨得咬牙。张小姐确实已经在钢琴旁边坐好了,后背挺得很直,面带微笑地左顾右盼。这样的大环境让人马上也收敛起松弛,我也直挺挺地坐着相视一笑,翻看菜单。扫了一眼,我就给关上了。张小姐很大气地点着,我在桌子底下踹了她一下,小声说:"太贵了。咱换个地吧!"她变得非常陌生,也踹了一下我:"咱吃的是文化,是历史。注意你的身份!"然后和颜悦色地点了几个最便宜的。

我挠着白桌布,上面留下一道道指甲印儿。张小姐环视四周说:"你们天津人以前都在这吃饭吧?"我继续挠:"民国的事儿,我不知道。"

充满勾兑味道的果汁上来了,我一想到那两位数,一仰脖先干为敬了。菜陆续上来了,我不懂西餐的摆盘艺术,盘子一个个的又大又白，再看里面一个樱桃西红柿能切四瓣，这边挤点黄色的酱那边挤点棕色的酱，再来两根貌似台湾烤肠的东西一摆，放在面前我不禁大声说："这是被人已经吃过一轮了吧！"张小姐瞪了我一眼："这叫留白。"我在心里问，能骂街吗？

张小姐细致地在每道菜上来的第一时间拍照，发微信，文字跟张爱玲写的似的。

我没怎么敢动筷子，先济着文艺女中年吃。留白了一千多块钱，我把叉子插进最后一朵西兰花上，起身要走。张小姐举着手机说："哎呀！我微信里有个同事说也在天津，也在这里吃饭，她在三楼，咱们在四楼，比她高一层，哈哈！"人真是容易满足和快乐的动物啊！

出了洋气的西餐厅，我问张小姐去哪儿，张小姐说得去吃炸糕，合着还真没吃饱。晚上，居然在微信上又看见了张小姐发的照片，全是各种亮点儿，给张小姐打电话，问她是不是在天津之眼上俯视天津，她说对，问她看见什么了，她说：灯。

我忽然明白了江湖上流传的旅游与旅行的区别。

买东西需要大勇气

如今什么都团购，连我这么一个对新生事物从来不参与的人都融入到洪流中了，可见这事是件什么样的全民运动。既然挣钱的事我们实在没脑子操控，我们只能把有限的精力用在无限的团购上。我在心里一直鼓励自己：重在参与。

我团购剪头发的券，才四块五，公园里给老大爷剪头的现在都涨到六块了，人家形象创意公社还管给干洗头呢。因为太便宜了，我团了五张券，反正家里没秃子，理发是必需的。都说团购受人冷眼，我感受到的还真不是，嘘寒问暖端茶倒水，弄得我觉得花了四块五跟欠他们四百五似的，心里那叫一个愧疚。我把五张券分配给家中的五口人，我们是分批去理发的。但回家一照镜子，嘿，还真是一家人啊，从老到少，无论男女，全一个发型。我们的共同特点是都有大鬓角和齐眉穗儿，在我的积极倡导下，大家照了张相以示留念。

花钱也不光是占便宜的事。因为邮箱里充斥着各种团购信息，所有被划去的数字都能带给你一种快感。跟打了鸡血似的点"购买"，最后，这月到底团购了什么都忘了。经常在我幡然悔悟的时候发现，我团购的商品已经过了消费期，你忘了花，钱人家就不退了。这一年，我以这样的方式，还真捐了不少钱。

整天淘啊淘啊，把假货以及这辈子用不上几回的东西全买家里来了。我一个同事为了装她这一年来每件几十块钱买来的堆积如山的衣服，特意花好几千块钱又置办了个大立柜。

团购就像一场革命。冲锋的号角已经吹响，尤其那些子虚乌有的所谓节日，要说打折，抢购的人真能提前一小时就坐电脑前面蹲堵，就为能把钱给花出去。

后来我下定决心不上什么团购网以及淘宝网了，主要是要断了自己在网上瞎买的意识。我也很少跟那些喜欢网购的人往一块儿凑合，因为我最近一次就买了十来条五颜六色的围巾，主要是她们都说便宜，而且多买可以免邮费。我还买了一回鞋，为了达到免邮费的份额，愣大小号的鞋同一款式买了三双。这些东西，一打买回来就成了身外之物，扔哪都忘了。你要问我当初为什么要买，不为东西，就图便宜来着。

当我发下毒誓除了书，坚决不在网上买任何一样东西之后，保持得还真不错。这就跟吸毒似的，只要你能远离网购人群的大气场，花钱的瘾一准儿能给戒了。可是有一天，兽医开始没完没了地在QQ里跟我说几大电商较劲了，比着降价呢，缺什么赶紧借着这股春风进点货。我觉得我现阶段除了缺钱，也不缺别的了。

我很怀疑兽医以前干过传销。因为他每天都在不紧不慢地向你重复一个概念"快买，便宜啊"，而且他还把某个产品的价格在多家做对比，来印证他的话的正确性。说一次你不在意，说一星期，你就有了印象。我发现我开始有意识地打开各个电商的页面，每天花很多时间东游西逛，尤其看见那些大红的"抢"字格外得点开看看到底又便宜了多少。

观察了几日，发现有些东西一天一个价，今天降五百明天降一千，很快就白给了。以前买书，只去"当当"和"卓越"，要没电商较劲这事，我都没上过"京东"的页面，更不知道苏宁还有个网店叫"易购"。因为这俩比着谁比谁更贱，所以我光在这两家店里消磨时光了。

对于一个从来没在网上买过超五千的东西的人，对于兽医推荐的毛两万的大件儿还是有点含糊。我想，还是拿买书这事试试水吧，花个成百上千的，起码落手里的是知识。

我被电商的豪迈打动了，一开页面满屏幕的大红字，"买200返200券"，那叫一喜庆，甚至一个劲儿地在向你灌输"0元购物"的概念，买多少返多少，太真诚了。我立刻打电话给一姐妹，让她赶紧去网上抢书，她很淡定，让我先买，然后把返券给她替我花。为了多给她谋点福利，本可以买二百块钱打住的，硬往四百元那凑，而且就跟不花自己的钱似的，为了凑个整,光盯着贵的看。为了挑书,凌晨才睡。很多书不是我看,我的需求没那么大,买的时候就想着,这书送谁,那本适合谁看,就跟给图书馆订货似的。

别说,人家发货还真及时。怕你反悔不给钱那么麻利,天一亮就把一大包书给送来了。消停了一会儿,给自己沏了壶好茶,拿剪子开始划塑料袋,因为怕剪着返券,所以很小心。可是,等我把书一本一本拿出来,甚至挨本迅速抖搂了一遍,愣返券的影子都没有。我立刻就有点懊恼,我是为了买书吗?不是!我是为了那些答应给别人的返券。书给对没给对数都没顾上看,立刻向电商问责,人家说:"您仔细看细则了吗?您买东西的时间对吗?"经她这么一提醒,我赶紧再上网,那"买200返200券"还"人刺回晃"呢。挨本分析了我买的那些书,只有三本参加这个活动,那三本单价一共没到一百块钱,看来,没有返券是合理的。

正在我为给不了别人购书券懊恼的时候,有人在微博上回复说她拿到返券了,但花掉返券也是有条件的,再次消费二百才允许花五十,一次只能用一张。也就是说,想花完四百块钱赠券,必须消费一千六百块钱。我忽然特别想感谢这电商,幸亏没给我券,我要把那东西送人,得把别人坑死。后来才知,很多看着倍儿便宜的大件,也是只有图,没有货。返券,简直是个贱人。

通过这件事，我深刻认识到：你不能因为流产便宜就去怀孕，不能因为火化便宜就去找死，更不能因为电商说东西便宜就失去理性消费。

❖ 安静里也能听出

人声鼎沸

• 你上学的时候作过弊吗？一个同事问我，我忽然想起来小学时候暑假前的期末考试，只把一个单词写手心里，因为太热顺手抹汗的时候还把圆珠笔写的单词给印脸巴子上了。同事说她小学作弊的时候把语文书放腿上，老师走过来她一紧张，书啪地直接掉地上了。可还有一位优秀的女同事，说自己打小学一路作弊到高考，连职称考试都是靠作弊过的。

• 人生能作弊吗？成功无法复制，还是一笔一画地答题吧。

捉鬼归物业管

赵文雯很有小农意识，手里有点钱就买房，大的买不起，置办起来的都是小户型。最近她的一套新房又可以入住了，我买了个西瓜扬言给她的新房开光。那是一套开门就能看见尽头的房间，五十多平米还分楼上楼下，就跟在屋里搭了个梯子似的。楼下是客厅楼上是卧室，当然，除了这两块地方也就是厨房和厕所了。赵文雯问我新房咋样，我高兴地楼上楼下跑，"你们家让我找到了小饭馆的感觉！"

没几日，赵文雯扔给我一把钥匙，这闺女要去国外度假，要求我在她的小饭馆里随便住住，因为据说空调漏水，厕所的灯打墙上掉下来了，房间需要开窗放味儿等等，她没时间待在那等物业，所以让我去给稳居。我欣然同意，源于我没有退身步，以赵文雯的性格，她让你做的都是你应该去做的。当然，我还没住过屋子里带楼梯的房子呢，跑上跑下的新鲜劲儿尚没有过去。

第一天非常自觉地当了十几个小时的清洁工，趴在地上那通擦，尤其楼梯，要是宽点儿我都想躺在上面睡觉。因为白天实在太累了，所以躺在她那两万多块钱连塑料布都没撕掉的高级床垫上一会儿就睡着了。夜半,我被一阵又一阵大狼狗的狂吠惊醒,怎么住这高级地段的楼宇跟住农家院似的?

等我再睁眼,是被车流滚滚的声音惊醒的,汽车喇叭、车轮震动,居然还有无数自行车铃铛声,我在心里赞叹:这城市真勤快啊!抬眼看表,才早晨六点,可听动静像下班晚高峰。因为没有窗帘,面朝东面的落地玻璃处全是刺眼的阳光,我闭着眼都知道是白天了。鉴于所有的窗户都朝东,所以我干脆一屁股坐在了楼梯上,只有这儿有点阴凉。

越到楼下冷风越强烈,耳边有嗡嗡的机器工作的声音。跑到客厅,窗户敞着,空调却开着,室温显示二十度。我赶紧关了空调用微信向遥远的赵文雯喊话,告诉她我昨天忘了关空调了。她明显玩得很欢乐,在知道修了吊灯和漏水问题后很大方地说:"我们那是中央空调,不走流量随便使。就是电费我忘交了,大概还有四百多块钱,你省着点儿用。"在这句话之后,我所有的晚上都摸黑了。

自从我住进来之后,我就发现一个诡异的事,每天早晨我下楼,都会被惊住,因为空调又开了,还是二十度。把我每天摸黑省下来那点儿电全饶回去了。我长久地待在楼下客厅,白天空调很听话,晚上我长久地待在客厅,空调也很听话。可只要我早晨下楼,寒气就已经弥漫在楼梯上了。于是我把醒来的时间开始往前提,五点,空调二十度,四点,空调二十度。我的脑子开始凌乱,难道门没锁好，进来贼了？可放着电脑和钱不偷，回回帮业主开空调干吗，就为了费那最后一点儿电？在又一次确认空调已经关上的夜晚，我忽然想到，是不是这屋里闹鬼了！

本来我胆子就小，还住在一家不让开灯的房子里。一时找不到桃木剑，我白天从集市买了两斤桃，吃出一盘子桃核摆在面前，然后盘腿开始念六字真言，我一心想跟这鬼理论理论，电费就剩三十七块钱了，赵文雯没把购电证留下，还得给她回来留点电，这么个开空调法很不地道。凌晨三点，空调没自己开，看来是让我给镇住了。我迷迷糊糊不知道什么时候睡着了，四点半给冻醒了。空调又开了，显示二十度！

我顶着一周的黑眼圈跟我妈念叨这事，想问问有没有道行高的道士什么的，被我妈一阵挖苦，她说："就算抓鬼，也得归物业管！"有这句话撑腰，我直接站到了赵文雯那楼的物业办公室，刚说了句"我们那空调半夜总自己开"，对方就把电脑打开问我房间号，然后点了一下说："回去吧，解决了。"我问怎么回事，那男的说："中央空调我们这也能控制各家的开关机时间，也许有人碰电脑了，你们那客厅的空调每天凌晨三点半开机。现在已经给关了。"我立刻咆哮："电费你们赔偿吗？"再没人理我。

我坐在楼梯上向赵文雯汇报，空调闹鬼这事都能上中央台的《走进科学》节目了。

别看广告看疗效

一个朋友推荐给我一款特别好的保健品，说是补钙的。因为我从来不吃保健品，但架不住身边的人都托他俩疗程仨疗程那么抢购，因为他能拿到厂家的半价，而且回回那些受益者都夸这拳头产品如何好。所以，我也抱着随大溜的心态买了一疗程，喝完见效还真快，一天都能迷迷糊糊，到晚上七点人已经困得没魂了，但那哥们告诉我，必须要坚持喝才能醒盹儿。

我实在怕骨头硬了，脑子再傻了，就把保健品给停了，但迷糊劲儿还是过不去。在办公室，我向大夫出身的胖艳求助，问她为什么我总觉得脑子里一团糨糊呢？她扬脸看了看我，认真地说："也没准儿真是糨糊。"有这么应付患者的吗？我又问："你说是脑溢血前兆吗？我现在爱忘事。"胖艳连头也不抬了："我看你不像要脑溢血，你像脑积水。"也就赶上我这么好脾气的患者了，我又问有没有可能是血压高。胖艳非常专业，一拉抽屉愣拿出一个专业的血压仪，她说："你把上衣都脱了，我给你量量。"量血压又不是搓澡，凭嘛得脱光了呢？在半推半就中量完血压了，很正常。胖艳在纸上写了几个龙飞凤舞的字：经诊断，王小柔严重脑进水。

我被大夫打发完之后正埋头写稿,胖艳扭到我的办公桌前,俩手的大拇指还插在裤兜里,跟来找茬的似的。她说:"我给你讲个我吃保健品的事吧!"我一听眼睛放光,脑子立刻清醒了。胖艳有一次参加厂家的新闻发布会,推销什么产品也没听明白,拿了提袋就回来了。晚上睡前没事干,忽然想起保健品了,她给自己冲了一杯,然后睡下。可到了半夜,胸涨难忍,也翻不了身了,拿胖艳的话讲"胸疼"。我当时想,吃得心脏病犯了?胖艳自己也害怕啊,这大半夜的发病,赶紧起来看保健品说明书,原来是一款日本的丰胸产品。胖艳说:"我从来没喝过见效那么快的保健品,比药都灵啊!"

可是,胖艳原本体态丰盈,根本不需要丰胸了。这药居然让已然下垂的双乳又站立起来了。什么叫瘦死的骆驼比马大?胖艳躺在大床上,就像沙漠里躺着的一大骆驼。

我把这事当笑话传播给一爱美人士,该女子愣是表情严肃,一点儿不觉得可笑,而是充满诚恳地对我说,"你能问问胖艳是什么牌的吗?我想用用。"我脸上写满了问号,特别没走脑子地说:"你要是不打算进入色情行业,丰那个干吗啊,纯天然不好吗?"但对方依然执著,仿佛求长生不老的仙丹一样,特别当事儿。于是,我赶紧给胖艳打电话,问她有没有吃剩下的,她说自打尝到了甜头,赶紧把所有保健品全给扔了,药劲儿太大。

但求仙药的朋友还挺着急,我这么仗义一个人,只好铤而走险,到处询问丰胸偏方。一打电话,我才发现身边没什么好人,全都阴险地问:"你就别掩饰了,你丰胸到底想干吗吧!"这黑锅背的。后来我打给一个嫁给老外的闺蜜,她上来就说:"你电话打给我是什么意思?你是觉得我丰胸了才有这么傲人的身材吗?"问得我一愣一愣的。我赶紧费尽口舌解释,她问:"你那朋友想要什么效果?是得穿着衣服显大,还是得脱光了显大?"对于这样赤裸裸的问题,我清晰地表示,必须脱了衣服显大。她说:"我这是浑然天成。你那朋友要想吃点东西立刻立竿见影,是不可能了。你让她去韩国吧,顺便还旅游一圈儿。"

我灰头土脸地跟寻找偏方的人说,我实在尽力了,但身边的人没有靠丰胸行走江湖的,无奈胖艳还忘了自己吃的什么药,所以一切线索都断了。

通过这件事,我发现,保健品真不能随便吃,别看广告看疗效!

揣在怀里的角儿铁

英语这么多年来就是一块揣在怀里的角儿铁，你活着的目的其一，就是得把这角铁给磨成片儿刀。

英语学习，简直就是个熔炉，我们从小必须得经受这无中生有的考验，豆蔻年华，多少个清晨蹉跎在背英语字典上，读音全拿汉字或拼音代替，连蒙带唬好歹把单词背下来了，又说我们发音不准，为了张嘴就不像中国人，所以大家都去学"疯狂英语"了，对着湖面或者墙壁歇斯底里地大声呼号异国他乡的语言。

我的英语学习完全靠中文辅助完成了，发音如何完全取决于我的英语老师是哪儿人。所以，基本上在初中两个班的同学张嘴闭嘴都是唐山味儿，好像那才是英语发源地。为了不让卷子显得那么难看，就算不会也不能空着，所以在英语句子里掺和点儿汉语拼音是常事儿。对于看不明白的选择题都选 C，最痛恨"将下面一段话翻译成英文"这种惨绝人寰的字样。

每个校园里都有很多自发形成的英语角，均被誉为"相亲聚集地"，大伙用来自五湖四海的中式英语打情骂俏，激励彼此共同进步。因为英语四级过不去，学位证别想拿。后来事实证明，那些拿英语谈恋爱的人都吹了，大概他们很难听懂另一个中国人满嘴说的到底什么意思话。

我们虽然平时不说英语，但屈于形势所迫，都得给自己起洋气的英文名。那些名字别提多华丽了，女的都叫"凯蒂""海伦""戴安娜"之类的，男的就叫"杰克""彼得""詹姆斯"，比咱们这儿的"小强""小红"真强不少。英文名字干吗使？上英语课用！这叫入乡随俗。

角铁日渐锃亮，刀片锈了，变锯条也得接着磨。

你以为你终于躲过了毕业，工作上这辈子也接触不到英语，可最后你发现，职称评定必须参加英语考试，光在岗位上鞠躬尽瘁不管用，那些英语选择题决定了你退休后的工资额度。

当我们这一代人可算醒过味儿来了，早巴巴地就让孩子接受双语教育，为此，孩子们在中国话还说不利索的时候就被家长送去学英语，如果老师里再有个眼珠跟你不一样颜色的，那一年光学费就得上万。一个朋友把他四岁的孩子放在昂贵的小班制英语培训机构学习，每次孩子学成归来从不跟他英语对话，问孩子老师教什么了，孩子答："我们今天学做寿司。"那朋友说，合着我一年花好几万培养厨子去了。

一直有不会英语的花甲老人照样周游世界的故事，人家还出书了呢，靠比划和微笑行走江湖，跟许多国家的人交了朋友。而我们无数从大学校园里过了六级的人，几年不用英语，最后连句整话都说不利索。语言是为了沟通，不是为了评职称用的。

我们用人生中大把时光磨着怀里的角铁，这门手艺日后干吗使，谁也没谱，只知道，不学不行。

据说有些省市的高考英语制度开始松口儿了，这算是个大快人心的消息吗？把英语的分数比重降下来，然后把砝码放在语文上，万一按"汉字听写大会"以考生僻字为乐，我们一样成为文盲，其实，只要考试还在，就必须百舸争流力争上游，经年累月我们早就被训练成懂得认命重要性的考试机器。

为"又有了"付出代价

天气好的时候,小区里到点儿晒太阳的人总会围到一处,除了零星坐在轮椅里的老人,遍地都是学走路的孩子。小孩们都不会说话,交流得靠身体语言,比如愣抢别人手里的玩具,或者一把推倒身边的伙伴顺便把自己也绊个跟头。赵文雯爱心泛滥闲得没事干的时候经常蹲在太阳里装小朋友,拾点树叶挨个发,让那些小孩围绕在她身边,跟个没安好心眼儿的女巫似的。忽然有一天,她问我:"你说生二胎得找哪儿办准生证啊?你上班帮我问问。"我倒吸一口凉气:"你真有精力啊。你儿子乐意你再生个人吗?他上次可特认真地说希望你给他生个狗或者树懒来着。"可不得不说,身边的人还真是越活越有劲头儿了,靠生儿育女开枝散叶。

赵文雯已经忘了她打产房出来一边流眼泪一边说,给多少钱都不再生孩子的毒誓了,但她那披头散发的样我还记得。前几天,有人把剖腹产的录像发网上了,看得我后背直冒凉风,能一而再再而三地躺在产床上的女人真伟大。

我记得我生孩子那会儿,因为非常受国产电视剧影响,认为顺产是特别恐怖且没尊严的事,你看电视剧里那些女的全都满头大汗不停地咬牙惨叫,我想,与其跷着个腿跟下蛋似的让大夫等着,还不如一管儿麻药下去杀鸡取卵呢。

手术室倍儿旷,说实话,也没个亲人,听着耳边刀子剪子互相撞击的声音,吓得我直哆嗦。但想出去是来不及了,主刀大夫冷冰冰地说:"一会儿就完。"然后就跟屋里其他人聊闲天儿去了,从股市买了什么股票到集市里现做的绿豆糕买一斤赠半斤,后来又给小护士介绍起对象。听得我都躺不下去了,除了环境,一点儿没有做手术的氛围。

好在我认识麻醉师,他让我侧躺,一管麻药就打进了脊椎里。然后把针管在我眼前一晃:"看了吗,一头牛也就用这么多。"我说:"你是兽医吧,为了给我做手术把你从动物园借调过来了?"麻醉师拿着我给他的录像机开始取景。妇产科大夫特别招欠,拿手术刀一会儿给我肚子上来一刀,问我疼不疼,我都快从床上蹦起来了。隔一会儿又拿镊子捅我肚子一下,问我有感觉吗,我要不是来生孩子的,我就直接穿上衣服打架了。虽然心里愤恨,但表面上很安详,无论大夫扎我哪儿我都特别明白地给她说了出来。

麻醉师一脸严肃地看着我说:"我不知道你对麻药那么不敏感,咱是局麻已经不能再补了,只能现在就开始手术,要不刚打过的麻药劲儿就过去了。"我拿手摸着自己的腰,那儿都没体温了,冰凉。幸亏上面还热乎,我说:"那赶紧趁热生吧。"

对于剖腹产的孕妇，生孩子这事是多么的被动，因为你自己做不了主。

那些大夫围拢在我的下半身，依然聊着家长里短，我都怕他们把剪子纱布随手放我肚子里。妇科主任跟我说了最后一句话："我们要剪开六层。"之后就是我在家拾掇鱼的声音，自打生完孩子，我再也不敢买鱼了，受不了开膛破肚剪子剪肉的声音。

因为实在没有刮骨疗毒的扛疼基础，嘴里也没给塞块撅布，所以我喊了几声"太疼了"就昏死过去，据说血压快没了，又抢救了四十分钟。亲人们说见到我的时候，我只睁眼说了一句话："生孩子千万别剖腹产。"就又死过去了。后来看录像，我才知道在我大呼小叫的时候，大夫的多半个胳膊已经伸进我的腹腔了，她拿手托着孩子的屁股，在肚子里左晃右晃才给拽出来。孩子腾空出世的一刻，我的五脏六腑瞬间位置大乱，那感受，真是活着跟要死了一样。因为脐带绕颈，孩子已经憋得浑身发紫。大夫抓在手里，跟拿个外星生物一样，先在他屁股上打了一下，哭声不大，啪地又来了一下，蜷着胳膊腿儿的孩子这才大哭，随着他张嘴，一个管子就伸进了喉咙往外抽羊水，这个程序之后，护士倒拎着这个刚见天日的小生命在水龙头底下冲冲，迅速拿布一裹。生孩子的事就此结束。

赵文雯已经开始又一轮淘宝婴儿用品考察，她说要做好起跑线准备。在很多大龄独生子女喜迎二胎的时候，我觉得生孩子无论生几个，都是一锤子买卖，再疼再难受一咬牙也就过去了。可是，父母的价值观、教育理念、视野和心胸、爱与分享的能力、生活态度和方式才是孩子真正意义上的起跑线。我们都做好准备了吗？

电视剧美化了生活

电视一打开,全是为情所困打群架的,老老少少掉着眼泪说家长里短捎带脚当着众人找找对象,电视剧已然从婆媳、裸婚、孩子、女婿演变到了妯娌之间互掐,当然,最后生活都被美化得不错,要不怎么下得了台阶呢?电视剧里的日子就像一个大鱼缸,弄得跟水族馆似的,养着水草照着光输着氧自动投着食,其实把那些鱼扔河里海里,谁能那么假戏真做地生活啊!但这些源于生活高于生活的片子还就有人看。阿绿就是靠看电视剧来强化自己在人际关系上的智商,态度端正到总是在第一时间给我打电话探讨人生。

对于一个打开电视只看"我爱发明"和"动物世界"的人而言,戏里的人生对我是非常枯燥的,那些拿捏出来的冲突就跟假肢一样被安在身子上,扫一眼光看见铮铮铁骨了,一点看不见有血有肉。最近让阿绿操心的是电视剧里没胖子,"你说,为什么人家电视里半夜总吃吃喝喝,女的都吃不胖呢?"我边嗑瓜子边说:"但凡喝凉水就长肉的,人家剧组也不要。看我了吗,这一包瓜子下去,我晚上不吃饭,明天一称,也准长二斤。"阿绿惊呼起来,直接奔到体重秤上,好像我吃的东西都进她肚子了。我最受不了的就是一个比你瘦几十斤的人成天在你耳边说自己胖,总扬言"好女不过百",你说这是说给谁听的呢,所以一般在这种人面前我就吃,并且吃得有滋有味不停嘴儿,摆出一副破罐破摔的姿态让她羡慕。

阿绿给我说了一堆作为女人身材枯瘦的好处,再对比我目前现状,她最受不了的是,我成天吃点好的也行,我最爱吃的居然是瓜子、大白菜、馒头,常年不换样。别人零食吃块饼干,但我常常半块馒头或者把馒头切了片儿扔油锅里炸,然后撒上麻酱白糖么么吃,顺手还能拌个白菜心。我的饮食习惯让她总觉得我在收容所待过。

阿绿是好人,在将近一个小时顾左右而言他之后,终于进入掏心掏肺阶段,她说特别不理解的是,电视里那些瘦了吧唧的女的在感情这场战役里都所向披靡,但唯独在现实生活里,她输给了一个胖子。阿绿始终在感情的漩涡里没有走出来,可人家趁贴秋膘的时候已经结婚了,我问阿绿她情敌到底长什么样,她答了俩字:矮胖。曾为阿绿闺蜜的这矮胖闺女在她麻痹大意的时候顺藤摸瓜,突然间就把红旗插在她的山头,并且吹响了冲锋的号角,她算战俘被遣散了。阿绿一点也不伤心,就是咽不下这口气。问我,胖子到底有什么好?我想都没想就说:"好处是,一辆车得拉好几个人的时候,胖子可以坐副驾驶。"阿绿一拍大腿,还真是!我从她的反应,分析出那矮胖闺女准总坐副驾驶，日久生的情，却让阿绿这么个美人心碎得跟饺子馅似的。

有人说，爱情维系之一要彼此信任。信任有点宗教色彩，不能像老年妇女总把"看见嘛了，你就信他"总挂在嘴上，咱嘛都没看见，偏信。就算哪天你拿着枪指着我，最后枪响了，我也认为那是枪走火。

可是，枪还真响了。

阿绿靠看电视剧麻痹自己，因为电视里那些不幸福可比她惨烈多了，而且看完那些剧，让人会觉得结不结婚两可。其实我也不知道生活里真挚感情都哪儿去了，可是没有感情的相处，就像没有信号的手机，只能坐一边儿玩游戏。

生活不是电视剧，总是没人给我们一个大团圆的结局。经常在你呼哧带喘地爬到梯子顶端的时候，一探脖子，却发现梯子搭错了墙头儿。

有人说，两个相爱的人最初走在一起，对方为自己做一件很小的事情，我们也会很感动。后来，要做很多的事情，我们才会感动。再后来，要付出更多更多，我们才肯感动。当任何付出都变成应当责分之后，知足成了件难事。

鹤立鸡群里鹤比鸡难受

鹤立鸡群，其实鹤比鸡难受，它要承受很多来自群体的压力，因为出众是要付出代价的。刘姨就是太鹤立鸡群了，据说打小家里就是深宅大院，有佣人伺候，在劳苦大众都住窝棚的时候，他们家的厕所已经有抽水马桶了。反正刘姨的意思就是她的成长环境不一般，小学上的教会学校，一直到作为教授退休，虽然人生也经历过坎坷，但都是雨打芭蕉过往云烟，一点儿磨灭不了刘姨大户人家知识分子的底蕴。

刘姨的气质都体现在她的内心，物质生活始终一塌糊涂，她与人为善，三万块钱的理疗床垫说买就买了，理由是那推销保健品的小伙子怪不容易地说了一下午。她的一双儿女站在床垫前面批评她，全让刘姨给哄出来了，关门前冲楼道里嚷嚷："嫌我花钱了？这三万里有你们一分钱吗？我连花我自己的钱都没自由了？"咣，门就撞上了。刘姨的闺女叹着气进了我家，一口一个床垫子，恨不能一把火给烧了。"你说我妈怎么弄？花钱从来不商量，几百几千也就罢了，被骗走好几万，亏她还是学物理的。那破床垫说有光疗作用，晚上荧光，要再扣个玻璃罩整个就一水晶棺。"我浑身一哆嗦。刘姨闺女说："我妈平时就看你好,说你不讲究打扮。"我心话儿,这是好话吗?"所以,你能不能帮我个忙,平时看着点儿我妈。我们也不在这住,一不留神回头她又被骗。"我脑子里立刻跟线路板过电似的,赶紧问:"你意思是让我管你妈的退休费吗?"她扑哧一下笑了,说:"你别骂街呀。"可我哪儿骂街了!

刘姨七十三岁了,老伴去世几年了。这岁数的单身女人跟我一样也不讲究打扮,她每天穿个大棉猴,跟打八十年代穿越过来的人一样,成天戴个痰桶般的土色毛线帽子,拿着张老年卡到处云游。有一次在车站等车的时候碰到了刘姨,问她去哪儿,她说去大商场逛逛,报纸上说都在打折。我一听心里咯噔一声,赶紧问去买什么,刘姨反问:"你不存点儿金货?"

我赶紧发短信向她闺女汇报,对方回了俩字:"跟踪!"这都狭路相逢了,还让继续跟踪,我进金货的钱给报销吗?

不一会儿车来了,一起拥到公共汽车门前的人除了我全是一水拿老年卡的,他们猴子捞月一样逐个上去了,我收尾。估计司机耗得有点不耐烦,开始甩闲话:"那么大岁数在家待着多好,往外头瞎遛嘛?腿脚不利索打车啊!就知道占便宜,车票要钱的时候也没见你们往外跑。"我一听这话脑门上的青筋就开始蹦,瞪了司机三秒钟,那人放着音乐,脚下猛地一给油。我没忍住:"你不想让占便宜你开出租去啊,开什么公交啊!老年人乘车的规定是政府部门设的,你庆幸吧,车里老头老太

囍 欢

◆ 最扎实的浪漫，就是你抬头微笑的瞬间。让我灰着的心欣然徘徊在你给的世界，在心里反复低歌着，你给的旋律。

囍。欢

♦ 在这样平凡的路边,光阴不过是一张白纸,单薄没有重量。凝望,让世界清明亮彻,动静之间悄然生出了喜悦与希望。

太没给你钱,给你钱,你现在就算劫道儿!"司机斜眼扫了我一眼:"解解(姐姐)有你嘛四(事)儿?"可这时候,刘姨已经打我身后冒出来了,知识分子哪受得了这个,车到了下一站车门一开她就自己下去了。我是等车开动了才发现她在下面,不过转念一想,虽然人跟丢了,但她也买不了金货了。

晚上,我让我妈去套话,看刘姨是不是没忍住又换辆车瞎花钱了。结果这个没套出来,却有了新的线报。刘姨在走桃花运。目前有三个老头喜欢上她,都是学历高的知识分子,第一个归国华侨,但耳背,你要问他"早晨去哪锻炼啦",他会说"北戴河啊,海鲜也不是当地的",最要命的是他每次跟刘姨表白都选择在人多的饭馆或者公交车上,声音大到全车都觉得尴尬,但那大爷始终觉得自己在悄声耳语,刘姨为避免尴尬只能假装不认识身边这个男的;第二个,喜欢唱京戏,话从来不好好说,都是戏味儿,跟饭馆服务员也这样就显得特别不着调;第三个也算是刘姨目前最重点培养的,以前是公司老总,坐一辈子办公室,老了热爱起自行车运动,让老太太买了辆山地车,俩人可着城市的边界骑,刘姨说打车上摔下来过两回,要没身上的肉裹着,骨头全碎了。可就这样,他们还总去看个话剧、进个咖啡馆什么的。

我把原话全传到她闺女耳朵里了。她闺女说:"幸亏是个爱骑自行车的老头,这要是爱杂技的老头,还不得每天往头上扔坛子。"我说:"俩人多浪漫啊!"她说:"估计都我妈花钱。也没事,她一共就六万存款,已经花了三万了。房子是我的名字,安全。我妈那么胖也不讲穿,财色都不多。"

免费体验是件很爽的事

胖艳手里抓着两张美容体验卡，扭动着上下一边粗的腰盯着白花花说："一千二百八十块钱一次的卡，咱俩一起做美容，去吗？"本着占便宜没够的精神，白花花立刻点头称是。我从来没做过这么高级的美容，帮着洗把脸那么贵，我说你们可别被人忽悠了再花钱。俩人异口同声："不能够！"

"那里确实装修不错，但离豪华还有一段距离。"白花花全市高档美容院没有没去过的，眼界很是开阔，知道的是她花钱去的，不知道的以为她干过推销化妆品的活儿呢，什么美容院用什么牌子的东西她都知道。白花花跟个富婆似的带着胖艳，小开衫虚掩着，霸气外露。胖艳虽然一美容皮肤就过敏，但不知道为什么听见"免费体验"依然能激发她百折不挠拿自己当试验品的精神。胖艳跟白花花不太一样，她平时去的美容院不多，也不够豪华，但她的神情永远摆出一副雍容华贵的姿态，慢条斯理地挑剔灯亮度不够或者拖鞋不够软，让你觉得这人准是富婆呢，其实过的日子连富婆家丫鬟都不如。

这俩人一脚踏进高级美容院的大门，被远接高迎。白花花很懂行地开始脱上衣，美容妹立刻轻声说："上面不用脱。把裤子褪到膝盖就行。"这什么规矩啊！光着上半截就够呛了，怎么还得光下半截的呢？美容妹说："你们这卡有美体项目，有十分钟的护肾按摩。"一听是新项目，俩人立刻坦然了，刷拉一下，跟上厕所似的一扒到底，但因为裤子正好褪到半截，本想盘腿上炕的胖艳差点让裤子给绊倒。

两个人跟要各打八十大板似的趴在美容床上，美容妹边按摩边说："您看您平时坐着的时间是不是特别多？臀部已经都塌陷了。"把臀部说得跟席梦思床垫似的，睡的时间长愣能把弹簧睡塌了。胖艳说："是吗？不圆了吗？"以为自己屁股是地球仪呢。美容妹说："臀部上有很多脂肪，我帮你推推，把脂肪都推上去就看出圆融了。"白花花显然对这种尴尬的美容很有意见，她小心翼翼地说："不是给我们做肾的护养吗？"美容妹说："是啊，肾护要从臀部推起。"

当俩人被赞美了臀部又圆又红润像富士苹果一样之后，才允许翻面儿。而几乎美容妹每下手一次都在推销各种各样套系的产品，胖艳很有定力，除了说了几个短句全程跟个哑巴似的无声无息了。白花花越听越不耐烦，开始以她行走高档美容院的经验跟那两个推销小妹斗嘴皮子，用准专业的态度问得那俩一愣一愣的，一度以为这大姐也是开美容院来找茬的。一千二百八十块的体验卡被告知只能用最差的院装产品，想有效果就得加钱。俩人但求最差不求给钱。我始终觉得白花花和胖艳是如此厚道，要我，就算推出了红苹果我也要求索赔，谁让你换弹簧了。

可算体面地完成了面部护理，白花花主动提出换个高级地去美甲，因为她有 VIP 卡。胖艳很高兴，只要不花钱她都很高兴。美甲的地方高级在一人一个单间，比脱衣服的美容还严谨。所以谁做了什么样的指甲并不知道。白花花的手被摸来摸去三小时完成了，其实就是涂了一层指甲油，因为她不喜欢太夸张的造型，这点事要搁我手里，十分钟就干完了。即便这样，白花花说直到她走，胖艳的两只手还攥在别人手里不放呢。

胖艳的想法是既来之则安之，做就做个最复杂的。我看见她的时候，她短粗的手一伸出来吓了我一跳，本来她就不留指甲都剪得秃秃的，尤其她的手有特点，最上面那节跟被刀砍下去一半似的，比短粗还短，这样的手指上却顶着一片不蓝不绿的印象派图案，最妙的是还贴满了水钻。不伸手吧，还是正常人，一伸手就跟个鬼似的。

据说胖艳十个指甲做了四个小时，但她还是提出了要再美美脚的想法。后来一脱鞋，美甲妹说："您得先去足疗店，把灰指甲修修，要不美甲效果不好。"

动物园不能搬

有品位的人买房都喜欢买远离市区的，因为他们喜欢追求宁静与田园气息，所以当陈完美时不时描绘起"你耕田来我织布"的小时光，还真让人羡慕。一般女的手巧最多体现在会做件衣服织件毛衣上，但陈完美的手巧体现在会盖房子上，电锯电钻电锤什么的她都有也都会用，利用公休日，人家就能在二楼搭起全玻璃的阳光房，再多给她几天，还能打院子外面挖出个地下车库。

陈完美曾经很热爱她的小区，因为全体业主都跟做土木工程出身似的，能让平房拔地而起成各式各样的别墅，每家每户尽情表露自己对于建筑风格的喜好。种植业和养殖业在小区里也很发达，果树蔬菜都是纯绿色，今天施什么肥取决于昨天吃什么饭。有一次陈完美邀请我去他们小区打鱼，说水塘清坑，里面全是鱼可以随便捞。大概因为有事没去成，但可以随便捞鱼这事一直在我心里惦记着。她住的小区怎么能这么人性化呢。陈完美养了很多年的一条大狗因病离世了，她愣是在小区里给狗挖了个墓地，并举行了很隆重的告别仪式，街坊邻居以为是埋孩子呢，纷纷出来送行。也不知道要是哪天陈完美搬家了，怎么给狗迁坟。

入冬以来，陈完美在单位常常早来晚走，有一天我临下班前随口说了句："你还不走？"陈完美说："我再暖和会儿。"我以为她感冒了，她却告诉我，他们小区因为物业跟其他地方的矛盾，压根儿就没有供暖，家家户户得自己想取暖的办法。陈完美家自己烧煤气供暖，但因为房子大楼层高，热量只能送到二楼，再高就上不去了。而陈完美家是这样布局的，一楼住老人，二楼几个房间里分别住着，七只流浪狗、十一只流浪猫和一群正值青春期的鸡（打鸣的和下蛋的），陈完美住在没暖气的三层。老人住一层很好理解，我就不明白为什么非让猫狗住暖房热屋，它们身上那么多毛呢，为了这事，我把包往办公桌上一扔，非弄清楚不可。但陈完美除了一腔博爱，还真没其他缘由。每天早晨五六点钟，陈完美就得跟周扒皮一样举着手电蹑手蹑脚进鸡的那屋，她说必须得提前打鸡屁股底下把蛋拿走，稍微晚一点儿，那些鸡就得把蛋啄碎了当早点吃。煤气表每天多走的那二十来个字儿，能买多少鸡蛋啊！

陈完美每天到办公室就跟打林海雪原下来似的，她说外面都比屋里暖和，真像郭德纲相声里说的，要再冷就得去马路上站着取暖了。自从入冬，陈完美网购的风格都变了，买了几十袋麻辣火锅底料、煲老鸭汤的底料，有一次还展示了她买的非常轻薄、保暖性很好的羽绒内衣。同事们实在看不下去了，有要送她热宝的,有要送她电热毯的,世界充满爱。

前几天,陈完美又开始在网上翻腾,我说你是继续买辣椒吗?她说:"我看看发电机。我们那很快连电都不给了。"天啊,这小区越来越纯天然了。陈完美看上的发电机八千多块钱一台,我凝望着她:"你要这个也买,招点儿农民工都能加入城市建设的大军了。"陈完美是个乐观的人,虽然在家得穿俩羽绒服,但她笑着,说可以一冬天不感冒了。因为冻手,在家写稿每敲一百来个字的时候,就得起来跳一会儿绳才能缓过来,劳逸结合连体育锻炼也有了。

昨天在QQ上看见她,知道起码家里还没停电。聊了一会儿,她说得去炒菜了,我说:"还炒什么菜啊,省点儿煤气吧,反正也是一桌子凉菜。沏点茶也都变成凉茶,赶上加多宝了。"后来我问陈完美为什么不再买个房搬家呢?她说:"搬家,一层猫狗怎么办?你看那些拆迁的地方多少流浪动物等着主人回来?"我想了想,是没有哪个动物园总搬家的。

快递是用来磨性子

快递是个神奇的行业。因为我只从网上买书，所以对"如果你网购了一台电脑，快递给你送到的只是一堆零件；如果你买了一双皮鞋，基本上收到的只有两根鞋带"等状况并没有什么切身体会，就算书的包装被扔烂了，书还是能看的。但架不住我总买书，这个神奇行业依然给我的印象深刻。

有天下雨，我正在离家不远处的商场里躲雨，电话响，一男的声音奇大地喊："我送快递的！你门口接一下！"我问是不是能送上楼，因为家里有人。对方说："你买的嘛？那么重。"我说买的书。他很厌烦："你买那么多书干吗？你就不能一本一本买？非得装一块儿？公司是按件给我们结算，你买一大包也才算一个件。"我还以为他得说撕成一篇儿一篇儿递呢。对于这种数落，作为平日低三下四惯了的我而言还是能忍受的，我说我下次一定改。但对方依旧不依不饶："下雨天儿你不在家待着，在哪儿呢？"我报了商场的名字，并说虽然离家近，但因为躲雨还过不去。快递员立刻说："五分钟以后你到马路边，我把件给你！"电话挂了。旁边一个刚认识的朋友很不好意思地捋了一下自己的头发问："你老公吧？"我扬起嘴角，嘿嘿笑着:"你有硫酸吗,借我用用。"

我冒着雨站在马路边,别说,真有一辆破车在我眼前停了,司机就像撕票儿的一样,把一大捆书往地上一扔说:"不用签字了!"车轮溅了我一鞋泥汤子。旁边的朋友见了如此大气磅礴的快递说了句:"这男的吃妈富隆了吗?满脸生理周期紊乱。这也叫送快递?"每个快递员大概都拿自己当送子观音呢,得供着。

也有给送到小区口的快递员,他们也会主动给你打电话,一般都会告你:"我在小区口,你赶紧下来拿件。"有时候因为手边正忙着其他事,会战战兢兢地问能不能给送上楼,对方会说:"我这一车东西呢,丢了你负责吗?"这是送货来的还是找茬打架来的,我也分不清,但有几次后,我就老老实实自己去取件了。

最可笑的一次是,忽然有个快递员给我打电话,特别诚实地说:"我把你的件给丢了,它从我车上不知道什么时候掉下去,没找到。我们公司要是给你打电话,你受累就说收到了,剩下的事咱俩再想辙解决。"快递公司还真很快就给我打电话了,我直截了当地告诉他们快递员已经跟我沟通过,快递没收到但要说收到了。后来我那二百多块钱的书就没了尾声,因为快递公司说丢件的人辞职不干了,而我所说的货物价值无法核实,所以不能赔偿。此时,我的天空上飘过五个大字:介(这)

都不算四（事）儿！

　　一个从北京到天津的件，已经一周了还没到我手里呢。如果不是急用那书，我还真很少因为快递的事着急。咱买的东西虽然不是速效救心丸，但也不能等过期了你再给我送来啊！网上有个特有智商的笑话：二十岁的小明用挣的第一笔工资网购了一根老年人拐杖送给爷爷当做生日礼物。快递寄到后，小明拄着拐杖和老伴下楼散步了一圈，感觉质量不错，便给了店家一个差评。

　　快递这个东西，从来都是没有最慢，只有更慢……如果你以为六天能收到，一定等十天都不见动静，快递总是能一次又一次证明你又猜错了，你心里最后只剩一句话：平邮都没这么慢！快递你妹啊！

　　因为总是收不到我那从北京寄来的快递，我开始追踪单号，不停给其上海总部打电话，当然了，电话理所应当从来没接通过。在我不停把单号查询刷新啊刷新啊，发现我那件已经到了上海浦东的分拣中心了。从北京到天津，就算骑自行车有一天也到了，这要是把祖国大好山河都逛一圈儿，得经历多少春夏秋冬啊，难道发快递的时候写着"寄给未来"？因为越等越不来，我已经绝望了，估计有人在飞机上看见了这个没买机票的东西，直接打天上给扔出去了。

　　事实证明，快递是用来磨性子的。

从酸辣汤到鸡蛋羹

喝了兽医推荐的高钙粉,把我脑子补得跟勾了芡的酸辣汤似的,整天迷迷糊糊。本着对人民群众健康负责的态度,他去咨询营养专家,得到的答复是,我的身体太好,钙吸收不到骨头里全被脑子给吸收了。酸辣汤要是变成鸡蛋羹,这可太可怕了,我立刻把保健品给停了,送给那些腿脚不利索的朋友们。

忽一日,兽医召集大家见面,说他从越南带了礼物。礼轻情义重,甭管捎嘛,惦记着咱,凭人家的一份心,必须得去,我曾经就是因为这江湖情义买了兽医说"倍儿好喝"的钙粉。我到得有点儿早,进那个约定的咖啡馆一看,虽然人不多但每个桌子边都有人,这又不是吃饭,不能跟人家拼桌。所以我抱着包,坐在咖啡店门口,紧挨着一塑料外国大爷。其他朋友从城市各角聚拢而来,齐刷刷或蹲或倚在招牌旁边。兽医打老远就跑过来了,大叫着:"哎呀,你们这是要干吗呀,要饭还搞个 cosplay(角色扮演)!"人活一口气,就为这一句话,我们死活不走了,最后兽医打咖啡馆里又搬桌子又搬椅子,愣让一那么欧范儿的地界变成了砂锅摊儿。

我们坐成一圈儿,眼巴巴盯着兽医往自己包里伸的手。他每掏出一样东西我们都同时发出:"哎,这破玩意哪儿没有啊!"我们深表怀疑是不是兽医在临去越南前已经从淘宝上买了一堆不值钱的东西应付大家。就跟抽奖一样,一般值钱的都放在最后。兽医拿出俩盒子,一个盒子上画着个络腮胡子的外国男的,一个盒子上画着个描眉打脸的外国女的,我惊呼一声"枕边游戏都带回来啦",兽医双手捂着盒子深沉地说:"这是两盒咖啡,男的喝男的,女的喝女的。"我问:"为嘛?"他说:"这又不是给你的,别问!"我的好奇心被极大地激发:"要是孩子喝了呢?"他盯着接受礼物者说:"千万别给孩子喝,说明书里写着孩子喝了长胡子。"我心话,懂英语吗,药品说明书都不带这么写副作用的。

就在掏来掏去兽医的包越来越瘪,大家都要四散而去的时候,他双手非常郑重地捧出一个大盒,眼睛眨巴眨巴地看着我:"这是最贵的,给你!"我伸手迅速抓过盒子,生怕慢了被别人拿走。我问:"这个能长胡子吗?"兽医摇了摇头,很专业地说:"你已经过了长胡子的年龄了。这咖啡是给你醒脑的,过滤酸辣汤用。"这是要偏方治大病吗?我还真没喝过这么高级的咖啡,都是炒过的咖啡豆半成品,倒上热水,再一过滤就能喝了。

别说,咖啡味儿还真香啊。我哗啦倒了少半杯咖啡,一百度的热水兑上,然后就不知道怎么入嘴了。给兽医打电话,他在那边冷嘲热讽："中药喝过吗？有连药渣子一起吃的吗？说明书英语看不懂，你总看得懂画吧。过滤，懂吗！"但第一杯没有过滤的原味咖啡让我尝出了原来咖啡豆跟花生是一个味儿的。

自从喝了越南原产咖啡，早晨都不用喝那杯"起床水"了，这一天，肠子那个滑溜啊，估计要有常年便秘患者都能给扳过来。这咖啡的最大好处是，甭管喝多少，什么时候喝，一点都不影响睡眠，就是废手纸，清肠作用老好的。我不得不赞叹兽医，无论买什么都从他的职业出发，注重的是疗效。

朋友就是这样，无论走多远，都会带回来一些让你意想不到的东西，我们把这些统称为"心意"。其实无论是什么，疗效都温暖，因为它们是这个世界上最特别的"保健品"。

最深情的相濡以沫

闺蜜生孩子，我赶在晨练的点儿去看她，没想到大清早单间里已经或坐或站着一大家子人。只有新生儿很淡定地躺在塑料小床里闭目沉睡，时不时皱皱眉，咂吧咂吧嘴，估计不太适应没有羊水的环境，嫌人间太干燥。我趴在小床边看不够那个脱胎换骨的小家伙，而闺蜜则捧着自己没瘪下去多少的肚子来回溜达，她说："本以为生完孩子体重怎么也能轻个二三十斤，没想到就减了四斤。这孩子还七斤多呢，平白无故肉是打哪长出来的？"她纠结在数学题里，指望生出孩子减肥的幻想破灭了。

孩子生出来几天之后，她才找到了当母亲的感觉，那依偎在怀里的小孩出现得多么奇妙。她总是问："你生孩子那会儿呢？"我想，只有做了妈妈的女人才能交流这个秘密。

生命就是个传奇。你来到我怀里，是为了成全我拥有这世上一次最深情的相濡以沫。

还记得在产房里听见你第一声啼哭，这个声音如同密码，"只读"进我的记忆，每当产科护士推着满满一小车新生儿送去洗澡，我总能从所有合唱般的哭声里找到你。我们彼此辨别着各自的特质，气味儿、声音、长相、睡姿等等，当你小果冻一样的手放进我的手心里，整个世界都融化了。

这是人生最美丽的遇见。

我带你回家。把我身边的人介绍给你，并一次一次强调你跟他们的关系，你似乎并不以为然，只把全部的视线和心思放在我身上，因为只有我，掌握着你的口粮。这让我的牵挂更多了一重，无论有多么重要的事，都阻挡不了我回家的急切，我知道，有个小孩眼巴巴地一次又一次翻着画儿书，用小手指头戳着上面长头发的女人喊着"妈妈"。

有时候，我甚至觉得你是来改造我的。自从你出现在我的生活里，我再没有一天睡过懒觉，我身不由己地随时保持警觉，夜晚可以被分割成很多篇儿，你翻身，在梦里笑出声或委屈哭，你被尿憋醒，你掉到床下，你把小手搭在我的脸上，黑暗在复杂的动静里依然显得那么温柔。我再也不怕长得特别恶心的虫子了，甚至能把它们托在掌心上任由虫子顺着胳膊爬，只是因为有你在身边，你干净而清澈的笑声鼓励着一个当了妈妈的女人可以克服世上所有的困难成为奥特曼。

当你终于可以不要求"抱抱"而到处乱跑的时候，我紧紧地跟在你的身后，那个根本不懂回头的小孩精力无限地被新奇的事吸引，而我，则用尽可能多的时间陪你一起成长，生怕错过花朵绽放的时刻。

你有一次仰着小脸问我:"妈妈,你有害怕的事情吗?"我说,有啊!我最害怕的事情就是你生病。你第一次高烧不退的时候,我抱着你站在儿童医院的急诊大楼里是那么无助,咱们前面有几百个孩子要看病,挂号条上的数字就像个咒语。而你烧得小脸通红依然会被上上下下的扶梯吸引,于是在几个小时里,我抱着你一会儿上,一会儿下,从肩膀处传来的稚嫩笑声是你能给我的最大安慰。

车里的 CD 早就换成了张艾嘉的《心甘情愿》:"当我偷偷放开你的手 / 看你小心地学会了走 / 你心中不明白离愁 / 于是快乐地不回头 / 简单的心简单的要求 / 最怕看见你把泪儿流 / 原来是没有梦的我 / 如今却被你来感动……这世界到底有多大 / 握紧我的手 / 有我陪你看你长大。"

在一起。大手放在小手里。这是世界上动情的模样。

正月里的人情味儿

年三十儿晚上发短信怎么跟到庙里烧香一样那么有仪式感呢,众志成城全是顺口溜。有一年的三十儿,我赶饭口去倒垃圾,邻居家正好来亲戚敞着门,我顺着门缝往里扫了一眼,客厅里电视放着联欢会,那一大家子人,只有老人仰脸看节目,稍微年轻点儿的都低着头按手机,也没人说话,正巧电视里把一张男人的脸放得很大,加上电视的黑框子,那一瞬间,真肃穆啊!

我一般到除夕的时候打白天开始把手机静音,但扔在桌子上的手机屏幕跟设置了 SOS 不间断呼叫似的,闪啊闪啊直到手机闪没电了才自己打住。特别感谢很多一年想起我一次的人们,很多压根就没见过面,也没什么交往,甚至我的手机里都没存人家的号,但他们是那么热情,一点都不吝惜自己的短信,发完一遍了,估计自己连群发了多少人都没记住,一分钟之后又一条一模一样的拜年顺口溜顶进来了。对于诸多署名的短信,我怎么想都觉得我肯定不认识这个人,也不知道这些短信是不是走串了。

最让我记忆犹新的时候,都蛇年了,还有人祝我龙年吉祥。我终于没扛住自己的好奇心,就把电话打过去了,问得对方一愣一愣的还不承认，直到他又朗读了一遍才不好意地说："我看手机里有条拜年短信不错，就群发了，忘了是去年留的了。反正都是祝福的意思，你懂吧！"我懂祝福，但指着一条拜年短信传辈儿，还真不明白。

人们已经没有拜年的习惯了，更不会动不动就串门儿。所以，忽然有一天，在电话频繁闪得我眼睛都快瞎了的时候，一个朋友说马上来拜年，临了还幸灾乐祸地说："你赶紧收拾屋子吧！"我脑子里马上开始倒计时，算着那两口子什么时候出现在门外。在短短的几分钟内，抓起沙发上的外套赶紧往柜子里塞，表面上摆着显乱的能藏赶紧给藏起来，能关的门都给关上，要是能把几只鸟扔了就更利索了。

门一开，还是一家三口。小屁孩进来就拜年，我还没掏出压岁钱呢，孩子说："阿姨，把你们家iPad都拿出来。"这简直是来打劫啊！几个电子屏幕就把小屁孩给定住了，估计他恨不得我们家是电子游戏厅呢。再看家大人，一屁股坐下自己沏茶倒水嗑瓜子，我砸着门框："你们也太不见外了！大老远来了，怎么连箱奶都没拎呢，太没人情味儿了。"闺蜜吹着沾在嘴边的瓜子皮说："你不最讨厌俗套了吗？我们觉得唯有这样表达祝福才特别。你赶紧做饭吧，我们中午就在这吃了。"气得我哈哈笑了半天。

其实，以前过年不就是这样吗，穿着崭新的衣服，戴着扎眼的辫花，挨家挨户溜达，所谓拜年就是到家里坐坐，喝口水，问候一下长辈。半生不熟的带点不值钱的礼品，红果罐头或者桃罐头什么，或者再添两盒点心，这已经很隆重了。更多时候，拜年是不需要手里拎东西的，尽管昨天刚见过，但依然还有说不完的话。呼朋唤友互相给打家里叫出来，再约着去其他人家拜年，凑够了人也许就看场通宵电影，从晚上十一点进去，到早晨八点出来，时睡时看，等散场站起来，你会发现地上的瓜子皮几乎能把脚面给埋起来。

　　我还是喜欢以前的节日气氛，人来人往，走家串巷，家里有老人规矩大的，还得进门磕头。无论有几天的假期，都会被人情味填得满满的。

记忆的橡皮擦

独自在一块贫瘠的土地上水土不服,几乎吃什么吐什么,跟被钉在平板床上一样,保持着同一个姿势从别人日出而作到日落而息。开始我还觉得自己挺严重的,自打有人说隔壁女孩上吐下泻还发高烧,我立刻就有了点儿精神。半夜居然坐起来了,虽然还是浑身无力,但起码有了玩手机的心思。先下了会儿棋,把把输,干脆开始看我下载的一个韩国电影《记忆的橡皮擦》,讲一个女孩刚结婚就查出得了老年痴呆症,什么都记不住,脑子里如同有一块橡皮,从最近期记忆擦起,直到忘记亲人,忘记吃没吃饭,忘记大小便,忘记自己,再在忘记里死去。看得我这心里难受啊,本来还靠在床帮上,后来哭得喘不上气,直接坐在床边。

怕影响同屋的人睡觉,就把电影静音了,我一个人抱着个iPad闷头边哭边想"怎么就全忘了呢",房间是木板搭的,隔音效果并不好,我听见旁边屋的门开了,然后我这屋的门迅速被打开,进来的人跟110似的问:"她也不行了?"我这才注意到,我面向对过的床哭半天了,床上的人为了睡个好觉,把白被子从头蒙到脚。气氛太肃穆了,再看怀里的黑框平板电脑,和一直开着的灯,就差门口写毛笔字了。

我们盘腿坐床上聊起《记忆的橡皮擦》,聊起身边朋友的父母。有个朋友因为家里有老年痴呆的病人,在马路上都形成捡老头老太太的习惯了,只要看见有老人独自在街上走,她一定会停下车问:"您还记得自己的家吗?"估计不少不糊涂的老人还以为她居心不良呢。前几天她在快速路上开车,看见一个老太太顺着路边走,尽管车都开过去了,她越看后视镜越不放心,愣把车倒着开了十几米,停在老太太身边问:"您还认识自己家吗?"老太太觉得有点脑筋急转弯,沉吟良久说知道。她锲而不舍:"那您怎么走快速路上了?"老太太说因为走桥下太绕,走上面一会儿就能到。这位好心人执意要送老太太回家,最后老人上了车。

我忽然想起小学时候学雷锋,老师要求必须每周做一件好事。扶老奶奶过马路最简单,大家分两拨等在路口,这边强行送过去,要是有根本不愿意过马路的,对面同学再把老人搀扶回来。但坐在炕头的人说:"家里如果没有老年痴呆的病人,很难想象他们家里人的苦恼。"她说自己一个朋友的父亲六十多了,身体素质很棒,运动员出身,哪都没病就这个脑子糊涂了。只要家里人看不住,大爷就能走没了,而且不吃不喝徒步能出去几十公里,跟《机器战警》里的施瓦辛格似的。大爷这一生都没什么爱好,到老了,却喜欢上了娃娃,每天都会抱着一个最大个的,逮谁给谁看:"你看这孩子长那么耐人,随谁呢?一定随我!"然后站在镜子前打量自己,最后赞叹道:"怎么长得那么帅呢!"

大爷对人的长相非常敏感,除了带"孩子",还有一项工作就是站门口点评过路人的长相。比如过来一个,他会大声指着人家说:"你瞧你长那俩短腿儿,还出来干吗?""你那大饼子脸,别吓坏一两个吧。"越说越没边儿,儿女就怕他出去,回来没准惹祸再被打一顿。有一次大爷脑袋撞破了,儿女带到医院缝针,几个人按着他,因为大爷那身板晃一晃简直能倒拔垂杨柳。估计是大夫的针弄疼了他,大爷立刻急了,指着大夫说:"你小子盯着点儿。等我站起来打你 BK(骂人的话,意思类似混账王八蛋)的。"吓得儿女们赶紧跟大夫道歉。

人老了,甚至性情大变。温文尔雅的人居然会骂街,甚至变得不讲理不可理喻了。在我们已经感觉自己老了的时候,他们却成了孩子,我们是否有耐心像当年他们照顾我们一样呵护老人呢?趁我们还有记忆的时候,多陪在父母身边,趁他们还能动的时候,多带他们到远处旅游,因为很有可能,记忆里的橡皮擦慢慢把所有往事擦去,直到生命空留一片空白,我们却无从告别。

永远的另一种解释

死亡是什么？在我们都与这个字眼毫无关系的时候你说："死，就是没了。"从有到无是个提心吊胆，甚至时刻做好思想准备的过程。直到，你没得那么彻底，房间里再没有你的气息，户口本也沉默地绝口不提你曾经存在过的事实，我的语境里再没喊过"爸"，跨过死亡，才知道"没了"，真的是没了。

时光在我的感觉里从来都是稍纵即逝，所以我也不会停下来关照今天是星期几，一周又过了几天等等。只是那一天，我拿着你的CT报告从医院里出来，不停在想半年到底有多长，所有的数字在我的脑子里都是错乱的，以至于坐了很久才把车子发动起来。

你很配合我们的隐瞒，成天兴高采烈地要求出院，说得去老家走走。高速路上堵车，我坐立不安地在车流里溜达，想看看远处的车什么时候能动，而你却歪着头笑着说："耐心点儿，有的是时间，我穿着尿不湿呢，不着急。"时间，每一分钟都如同细沙，我甚至都能听见它们下落的声响，怎么能不着急呢。

我从来不知道人会如此恬静地跟死亡短兵相接，父亲回乡后几乎把童年的玩伴都见了一遍，每天都会有几个老头老太太陪在他的身边和他聊点彼此都含混不清的往事，他们各说各的，有时候很像几个自言自语的人，只是他们互相拉着手，坐多久手就拉了多久，临走还要使劲攥攥、拍拍，彼此叮嘱："别死啊！我明天还来。"

不知道从什么时候起，他们开始玩扑克牌了，砸红一。床上、凳子上、轮椅里几个老人都很认真地不依不饶，而我经常能看见贴了一脸报纸条儿的父亲笑得跟孩子一样。每天洗漱完毕穿戴整齐等着打扑克成了他的主要事情，心里装着的都是谁的牌太臭，谁该进供但耍赖了。尽管父亲人越来越瘦，但笑的时间越来越多。

终于有一天，他没有坚持等到老哥几个姐几个过来，一副刚买的新扑克还摆在自己的腿上。那天太阳很好，夜里刚下过一场新雪，他吃完早点命令所有人都去扫雪，说怕那些腿脚不好的朋友来会滑倒，等大家再进屋的时候，他却走了。

也许生命就是这样让你措手不及地收尾，他的老伙伴来了很多，他们很迷信，生怕这个爱打扑克的人在另一个世界过得不好，所以买了很多能烧的别墅、汽车、电器，甚至连司机、丫鬟、随从、侍卫等等都考虑到了。我想，这样的告别也算一种幸福吧，大家都相信烧的东西他能收到，所以那天的祭奠持续了很久很久。

每到清明，坟上早就有祭拜过的痕迹，我知道，是他那些老伙伴一早已经来过了。

好厨子得有口好锅

标榜自己热爱生活的人都会跟你说"爱做饭"、是"吃货",他们都有自己的厨子偶像,人家教什么在家做什么,最主要的,人家推销什么还得追着买什么。赵文雯半夜给我打电话,说进了口新锅,我哈欠连天,告诉她,我也有好用的锅!然后那女人就发神经说,比做饭。真吓人!

当我抱着我的锅坐在赵文雯家的客厅里,她已经很得瑟地穿着一身无印良品家居服在藐视我了。她说:"换衣服。"我挑了挑藏在拖鞋里的大脚豆,回她:"我脱鞋就已经是对你宅子的尊重了,你说你一星期都不带擦一回地的,不就指着我们这些外来人口给你这地秃噜吗?我做饭不用进厨房,别换衣服了。"

这回是赵文雯惊了,质问我是不是做饭都在厕所。我把锅推到她的面前:"庄稼一枝花,全靠粪当家。比吧。"她问我会做什么,我让她看锅。锅的液晶屏上有菜谱。然后我给她讲了我做菜的秘密。

自从买了这口跟电饭煲似的锅,我在厨房待的时间已经很少了,惯用的姿势是在客厅中间蹲着,因为地儿大。这锅的最大作用就是，人家有脑子，你打算吃什么菜，严格遵照菜谱上的要求，把切好的菜、油、作料按计量一股脑全扔锅里，按下液晶屏旁边的菜名，就可以站起来了。菜在里面转呀转呀，只要一听见嘀嘀声，表示可以出锅了。豆角炒肉和红烧茄子，还真就不是一个味儿。

赵文雯给我贴的标签是：一个傻子的智能厨房用品。因为我那厨房里摆的东西，几乎全是按开关就能自己操作的，比如面包机、切面机、焖烧锅等等。我对美食没什么特别的期待，要不是因为绝食得死，我一点儿不觉得少吃几口美味人生就缺少色彩，反而觉得不在吃饭上耽误那么多时间才是人生的意义。

可赵文雯不，一个大理石台面都裂了好几道的厨房里，抽油烟机的油碗要不是满得都快冒出来，这闺女都不带倒的。扫垃圾人家不用笤帚，拿脚蹬。再看碗橱里的那些碗，也不按大小排列，小的码下面，大的摆上面，一拉门，哗啦倒一片，你得有杂技团的功夫才能把碗都接住。正是这样的一个闺女，不知道啥时候受了厨子偶像的蛊惑，愣是要在厨房里闹革命了。

刀，人家用双立人的，我随便拔出一把小刀，她说切草莓的。我又抽出一把，她说切苹果的。我再拔，她说是切橙子的。我要疯了！用得着每样水果配一把刀吗！我问切肉的刀在哪，她拉开橱柜的门。我的眼睛都快花了，几十把刀啊，公安局管不管哪。

赵文雯很有成就感地告诉我,这把刀能切排骨。我说,这年代排骨都是买的时候就给切好了。但赵文雯说,只有自己切的才香。我立刻一激灵。我想起以前过年的时候,买来肉都要自己剁成搅馅,一般都手持两把刀对着案板抡,有同学告诉我,这时候你心里要恨谁,还可以特别歹毒地在心里念叨起此人的名字。要是劈骨头,就得上斧子了,一般都是我爸把案板放地上,斧子一落断的骨头有时候就能飞出去,我得迅速跑出去给捡回来。

赵文雯要在厨房里用高级厨具干特别原始的事。

她在我眼前摇晃着一个平底锅,说是抢购来的。我一点都不想知道功能,因为她买的跟我买的就是俩极端,厨子偶像让买的都得是凭自己的勤劳开创新天地的,我关心的是价格。赵文雯说,这是法国的珐琅锅,四千出头儿。我又指了一下榨汁机,她说:"韩国榨汁机,主要功能在研磨,不丢失营养。"我说:"你拿这个做豆浆?多少钱啊?"她说:"也四千多。"我又问,咖啡机呢?她说:"七千多。"我拍着烤箱问,这个呢!她说:"九万。"语气明显降低。

我一扭头,她问我干吗。我说,我给你擦地去。

有的女人买奢侈品打扮自己,有的女人买奢侈的厨具打扮厨房。提高生活品质的原因——钱烧的!

在旅馆里犯病

赵文雯坐在床头运气,一会儿边把人家五星酒店像草纸一样的特色便签和树枝子铅笔塞进自己包里,一边说:"你说你整个一农家院豌豆公主,出什么远门呢,择床择枕头就够腻味人的,还连厕所也择。"我就在她没完没了的抱怨中一会儿按一下冲水按钮,反正不交水费。

这马桶非常有艺术气质,乍一看,看不出来,必须得真坐上去。如果你顺理成章地想一撅就坐在马桶上,就会被马桶边儿立刻给顶出去,我就是因为没有心理准备差点一下子破门而出。在我对着马桶相面三分钟后,才发现,这马桶比平常的都高。想坐上去,必须踮起脚尖倒着往上蹦才行,运气好的话,你能落在马桶上。还有一个方法是歪着身子拿屁股够马桶边,加上双手一撑的辅助动作也能上去。可是人上去了脚没有能蹬的地方,只能那么当啷着,没一会儿腿就麻了。你得蹦下来狠命跺脚,然后再鼓起勇气蹦上去。这屋子以前住的巨人吗?

估计是动静太大让赵文雯很疑惑,她在外面大喊"你干吗呢",我说:"我套圈儿呢!"

当赵文雯笑话够我,她自己也爬上了马桶,倒是顺溜得跟坐在吧台上似的，晃荡着俩腿问我："你说这厕所会出过命案吗？"我大惊，她说："怎么这脚不着地的感觉，这么像上吊呢？"我一把将她打马桶上拽下来，咱还是留个活口吧。

好不容易适应了厕所，对床又不适应了。那床太软了，弹簧倒是弹性真好，只要一躺，身体就陷进去了，床跟个模子似的。睡惯了硬板床的我早晨起来便觉得头晕，估计是颈椎病犯了，在屋里走了没几圈胃里开始翻江倒海，站在快赶上洗手池子的马桶旁等了会儿，用一池清水平复心情。赵文雯掏出平板电脑赶紧"百度知道"，治疗颈椎病最好的办法是在地上爬，这都什么专家的偏方啊。她把自己的胸器放在书桌上，然后拿下巴垫在俩手的手背上，斜眼看着我："你赶紧在地上爬会儿，一边爬一边用头写'米'字。反正网上专家这么说的。你脖子上'羊蝎子'那段儿的肉没弹性了，得自己靠运动给撑开。赶紧在老娘面前爬两圈儿吧。"

我看着脏得都不见本色的腈纶地毯，默默地把赵文雯脚上的两只拖鞋套在了自己手上。我特别担心："你不会趁我在地上爬，发微博吧？"赵文雯很不屑："你以为你 AV 女优呢？"这句话说完她就遭报应了，她拿肚子顶了一下抽屉，愣把自己的胸给掩了。

我一边摇头晃脑地在地上爬，赵文雯那还放上了主题歌"妹妹找哥泪花流，不见哥哥心忧愁，望穿双眼盼亲人，花开花落几春秋,啊……花开花落几春秋,当年抓丁哥出走,背井离乡争自由,如今山沟得解放,盼哥回村报冤仇,啊……"我心里这个恨啊!

爬了三圈人都转向了,眼前那么多障碍物,我打算去楼道里爬,赵文雯怕有人报警说她虐待智残妇女。在我挠门的时候,她突然蹲在我旁边指着电脑屏幕说:"你看,这有一专家说治颈椎病的办法是向上举臂,最好的运动是擦玻璃。"我一屁股坐地上,呼哧带喘:"这专家是办家政公司的吧?"可赵文雯觉得管用不管用必须试试才知道,在她的极力鼓动下,我拿了块洗脸毛巾就上了窗台。擦了三块玻璃以后,赵文雯问:"你觉得好点儿没?看你干活还挺利索的。"她不提醒我还真没注意,好像还真是轻松了点儿。为了巩固病情,我一鼓作气把屋里的顶灯也给擦了。赵文雯仰着脸,每三秒钟重复一句:"你不会给电死吧?"我说:"你直接给我摆厕所,还成一悬案了。"

赵文雯在那一个劲儿地摇头:"你什么时候还犯病,赶紧去我家。"

囍。欢

◆ 有一些日子远远地去了,像是陷落在某个时光的转角,再也找寻不回。

囍欢

◆ 我如孤舟，轻帆一卷，顺流而行。指尖转动所有的经筒，无尽的轮回里，不停地望向你，感知，流光逝水亘古慈悲。

也许要的只是祝福

我很少看电视剧,因为看着就来气。同样是剩女,咱身边的人一剩能给甩下来二十来年都无人问津,再看电视里的,剩不了几天就弄好几个男的一起追,最后还得有个人惊厥地说:"连我都没发现,我已经爱上你了。"谁信谁傻子,可电视里那些个傻子啊!然后再有个女的在不该怀孕的节骨眼怀孕,恶婆婆如影随形,男的与别的女的一场接一场误会等等,反正且无法风调雨顺呢。

现实里,挤了得单身男女们都把自己挂到征婚网上去了,这跟挂在淘宝有什么区别?法制节目里时不时会发一期节目,受骗的永远都是女的。大龄女青年们就像鱼池子里好几天没投食的货物,看见钩就奔过去了,有食没食必须张嘴试试。其实骗子的招数很显而易见,先是甜言蜜语,扬言事业有成,再往后就得说周转不灵需要借钱了,可是为什么那些女的就能义无反顾地几十万几十万那么往里扔呢,直到人都找不着了才想着去报警。

大概因为看这些节目看多了,所以日常生活里,但凡是谁打征婚网站交了个朋友,身边的人都会替她一次又一次搞人口普查，我们绝不能眼睁睁看着自己姐妹深入虎穴。我就扮演了这样的角色。

其实我并没有见过来自征婚网站推荐的这位事业有成的男士，只看过照片。上个世纪八十年代那些黑白打仗片看过吧，奸细、叛徒、恶霸等等在你脑子里啥样，那男的就长啥样，半长的头发，消瘦，不该长皱纹的地方全是褶子，单眼皮，平时还总眯缝着眼，乍一看就是个瞎子。我这位人到中年的姐们儿，一头扎进了爱情里，在她眼里事业有成的男人没有缺点，就算有缺点，也都变成了特点。我追问了一下事业有成的生平，这个人在之前的几十年里始终在国外，回国后保持着自己的傲骨，没什么生意，唯一一笔所谓的生意，还是我的女友给介绍的。追问其家庭条件，无房，无存款，有两个壮年的孩子（年纪不大，长得壮），还有年迈的父母及三姨六舅母。而这个男人每日必须在天亮以前回到他的大家庭，因为所有的人都嗷嗷待哺没人会做饭，他不回去就全得饿着。一般不会做饭的人对吃要求非常低，但那个家庭不是，每个人都各自有相异的口味，有的人喜吃烹对虾，有的人喜欢吃松鼠鱼，全拣贵的点。

在女友满脸幸福介绍她的男友的时候，我的心都提到嗓子眼了。我说，你找那么个大家庭不麻烦吗？她说："多温馨啊，那么多人！"给饭馆打工，成天见的人还更多呢。我问，你爱他什么呢？她说："他会钓鱼啊！他能钓那么长的鱼呢！"手一比划，半人高。我不甘心啊，追问："就因为会钓鱼？"她笑着说："是啊！不是人人都能钓那么大的鱼。"姐啊！你就是那条最大的鱼啊。爱情，真唐突。你要说喜欢个吹糖人的，也算支持民间艺术了，会钓鱼算什么技能，何况她指的还是养鱼池里，我屁股不挪窝也能钓"四斤还高高的"呢。

我很想不明白这件事，铁了心想横加阻挠。有一次几个朋友一起吃饭，说起爱情的突兀，一个人掏出手机，给大家看事业有成男人的照片，传阅一轮儿，我对面的姐们儿端详良久，突然说了句："为什么找这么个男的，这哪是一类人啊，她太不值了。"话没说完，拿擦手的白毛巾捂在脸上哭了起来，她一哭，大家都不好意思动筷子了，感情丰富的跟着擦起眼睛来。

各种各样的组合，爱情就那么蹊跷地令旁观者震惊，弄得像晚报中缝。

我那女友依然沉浸在对大家庭的奉献与热爱之中，而我们则像她的家长一般，开始是想拉她回头，然后退而求其次，告诉她千万别借钱别投资。她则像坚持某种信仰一样始终微笑，也许，她要的只是祝福。

怎么打扮得分人

什么叫华丽转身？在彭丽媛站在机舱口向世界人民挥手致意的那一刻，"华丽"就完成了。出访，虽然是政治上的一件大事，但人们关注的焦点似乎更多地凝聚到这位"第一夫人"身上。从服装到配饰，从衣服到包，从化妆品到发型，引领了一股时尚潮。

既然如潮，每天的新闻则不停滚动着如拍案般的爆料，先是肯定了国货之美，继而就有一个品牌站出来说彭丽媛早就是自己的客户，再往后又出现了另一个品牌，原来两个牌子间还有一段纠结往事，随后服装设计师被追根溯源，连她是哪所大学毕业的、老师是谁都一一采访到了。

短短几日内网络微博上就出现多个支持彭丽媛的粉丝团，而且粉丝人数持续增长。丽媛粉丝团、学习乐媛、中国后媛团等等，首次亮相国际政治舞台的彭丽媛成了大众偶像。

如果还有闲钱在炒股，你会知道在3月25日那天整个服装板块走强，百分之五十以上的服装股飘红，三只股票涨停。这就是眼球经济时代，"第一夫人"对提升品牌影响力作用不容小觑。美国第一夫人米歇尔·奥巴马，就曾为她穿过的服装品牌带来了数十亿美元的经济效益，米歇尔也成为美国时装产业的幕后推动者。

"第一夫人"穿什么成了坊间话题，经常听见身边人议论"要是你，你怎么穿？"很多人随口就说"旗袍呗"，严重缺乏想象力，打宋庆龄那会儿就穿过旗袍。

据说随着彭丽媛随行出访曝光率的增高，很多不知名的成衣作坊也照猫画虎地生产出一系列类似的服装和皮包，生意好到供不应求，得加班加点地生产。可见这样的高端代言几乎给整个服装行业带来了春天。大气、优雅、端庄、亲和的服装气质即将在民间流传开来。

我身边就有个闺蜜在淘宝网上搜来找去，想踅摸一套"类似出访服"，别看她从来不听民族歌曲，近几十年没看过新闻联播，但自从各种媒介上一次又一次跟刷屏一样配发大照片以后，这闺蜜居然关注起中国新闻了，而且次次特别明确地告诉我彭丽媛在哪个国家在干什么，当然，说得更多的是她今天穿的什么，她身边陪同人员穿的什么。我特别纳闷，我说你也没那么正式的场合，本来成天穿个冲锋衣晃着就上街了，随手在脸上抹层防晒霜就算化过妆了。但闺蜜铁了心要按"第一夫人"气质打扮自己。

我跟她一起出门，就跟个女保镖似的，如果看身边的人眼神不够犀利我都会觉得自己太不职业化了，对不起她买的那么贵的行头。一次去一个饭局,她这是首次亮相,把一哥们惊得,好看是真好看,就是身边人穿得都太随便了,大家都战战兢兢坐立不安,一说话都恨不能站起来,要不显得咱不尊重人,显得太没礼貌了。说实话,我一点都不喜欢这样的超级模仿秀,人家打专机上下来,你打公共汽车上下来,虽然穿得都差不多。

每个人都需要找到与自己气质相符的服装搭配,彭丽媛的美是因为她已经把内在和外在结合得非常好了。你能做到吗?

关于穿衣服这档事儿

赵文雯临出差前跟个事儿妈似的叨叨："你就不能买几件上档次的衣服？"我回顾了一下，发现还真没像其他女的那么爱买衣服，经常听见些花枝招展的人在那抱怨有几柜子的衣服几柜子的鞋，甚至还有打买了就没来得及穿的。存钱还能有个利息，存衣服风险多大啊！风险在于自己的高矮胖瘦根本无法控制，突然浮动个二三十斤跟玩儿似的，所以我的衣服全是可控范围内的，一百塞进去不显肥，装一百三十斤也没问题。赵文雯非常看不上我这一点，经常说："穿什么，都看不出好来。"可怎么才能看出好呢？

我打小的志愿就是长大以后找个能穿制服的工作，因为只有这样才不用为衣服操心，什么衣服配什么鞋，什么裙子配什么眼影，到底穿多高的高跟鞋才能不被门槛绊着，我的门钥匙到底放哪儿才安全，包是带拉锁还是该不带拉锁，等等问题简直就像多米诺骨牌。

年幼的时候，我虽然极度讨厌上学，但上学强制穿校服，这点是我比较喜欢的。无论我穿任何衣服，我妈都会没完没了地威胁："别把衣服弄脏了啊！下次就甭想要新衣服！"只有穿着校服的时候我是最自由的，无论我在沙土堆儿跟其他同学互相扬土，还是一屁股坐在地上，无论我打多脏的地方蹭过去，还是跟着别人打矮墙上往下跳，校服真结实！大概反正已经脏得洗不出来了，也就没人在意了。于是在很多年里，我就穿着一身儿校服逛荡，开始衣服肥大得能装进去一个半人，到后来小得跟游泳衣似的只能敞着怀，赶上学校有大事的时候就必须提着气给系上。很多人都以为我多爱学校呢，其实不是，我就是爱穿校服。

上初中，学校管得更严了，女生不许留长头发，跟蹲监狱一个要求，可这真合我心意啊！小学期间为了对着镜子梳小辫我得早起半小时，那时候总有个阴魂不散的人在楼外面喊："收——头发——"一遍又一遍。后来我问我外婆，俩小辫能换瓶纯蓝墨水吗？我外婆感动得热泪盈眶，说咱买得起墨水！其实，我就想问问价，在心里盘算盘算要买糖能给几块儿。

很多心理学家说童年的成长对一个人今后的所有言行起主导作用。但我不喜欢成天换着穿还真想不出受谁的影响，因为家庭成员男男女女都比我爱美，有件新衣服可高兴呢，就盼着穿新的。只有我，随便到有一天去学校，居然穿着我外婆的外衣就上学去了。弄得班主任立刻家访，以为我们家多穷呢，打算号召全校捐款。我为了讨好老师，端出了曾经打算卖头发换的泡泡糖。临走还送了她俩挂历。

到了高中就流行超短裙了，我咬牙跺脚让裙子一短再短，但还是突破不了自己的底线。那时候很多女同学下午上学的时候披散着头发就来了，老师问起，她们说刚洗了头发还没干。我忽然发现，披头散发的劲儿真风情万种啊，尤其坐住了，教室里一股蜂花洗发水的味儿，那一年，中午洗头的女同学全都有了相好不错的男同学。

大概因为从小穿衣打扮都中规中矩，所以年龄大了也豁不出去了，最豁出去的一次是结婚典礼，婚纱旗袍晚礼服，如同包办婚姻。婚纱露着大半个后背，旗袍露着胳膊根儿和大腿，晚礼服直接亮出胸部以上，而且穿成这样还要满心愿意地接受调戏，以及当众上演激情戏。如今回忆起来觉得真冤，因为我都豁出去那么大尺度了，也没赚多少钱，连跟我年头最长久的白花花才随了五十块钱的礼！五十块钱啊，搁今天你觉得她怎么能拿出手，可在当时，这是最重的份子了，还有给十块的呢。因为白花花后半个月没有饭费了，我还管了她俩礼拜炒面。

往事不要再提，人生几多风雨。至今，我依然为我简洁利索的衣柜而感到高兴。

还是存点儿心吧

偶尔会在电视里看几眼鉴宝类节目,人民群众把自己家底儿都晾出来了,拿着那些宝贝等专家评审团给个价儿。时间就是升值空间,"存点儿嘛"成了民间投资的口号。

赵文雯呼哧带喘地出现在我面前的时候,人是坐定了,魂好像出去了。眼神儿游弋嘴上手上在那张罗:"吃嘛,赶紧点,饿死了!"我问:"你这是抢金子去了?"她立即石化,张嘴看着我,胳膊支棱在空中:"你——顶仙儿了?"我把刚撕开塑料薄膜的碗顶在脑袋上:"你倒是想抢楼,你有那魄力吗?换个手机还分期付款。"赵文雯说她去商场上厕所,结果看见好几群满脸百废待兴表情的人民群众扶老携幼在首饰柜台批发金货,赵文雯一弄明白情况立刻变步拧腰就往人堆儿里扎,断然把内急的事忘光了。她说最后就剩两条项链了,她抢到一条。我顶着碗告诉她:"金价还得落呢。"

上菜前的工夫,我就没容她说话,遍数她失败的投资,我咬着筷子问:"你说你这么败家随谁呢?"她笑着说:"胎里带!"后来我才知道,这存东西的习惯真是祖传。

话说前几天,赵文雯的爸爸很神秘地给闺女打了个电话,声音故意压得特别低:"我给你买了件东西值好几百万,你存着,传辈儿。我怕你妈发现,已经裹好报纸放你们家床底下啦!"之后就是一阵阵满意而知足的窃笑。赵文雯赶紧问是什么东西,她爸爸说是古玩,打墓里挖的。赵文雯也赶紧把声音压低说:"要不咱让专家给看看值多少钱吧。"她爹地很严肃:"可不能露!卖古玩的说了,这墓里的东西不能在市面上露,一露就得被警察抓走。"赵文雯越想越嘀咕,班都上不下去了,给我打电话,我说:"别再是骗子吧。要是都不能交易,怎么换成钱呢,一直传辈儿的意义在于发家,不能跟击鼓传花似的,到谁手里谁进监狱。"

为了深入调查,我直接给赵文雯她爸打了电话。

赵古玩迷在存古玩之前,原来还存过一段儿老手表。虽然牌子看不懂,但古玩迷就一个信念:存老东西,没错!所以,把看着旧的老表都买回家了,有的没表带儿,有的没表蒙子,有的遍身油泥,反正都是时光留存的痕迹。古玩迷为了这些表,东奔西走地配各种配件,还要买修表工具,在家没事就一块一块把表拆成零件擦完油泥再装回去,可解闷儿了!光是眼眶子里戴的修表镜就买了五个,有带灯的有不带灯的有国内的有进口的。赵文雯的妈妈睁一眼闭一眼,她觉得一个月就给你五百块钱的标准,你爱怎么花怎么花,不就是骑半个天津市买点儿破烂吗,就当锻炼身体了。可她不知道啊,表面上五百元定额消费了,背地里五千也没打住。

在到处踅摸旧表的过程中,赵古玩迷发现经常有人在旧物市场口卖稀罕东西。他支好自行车在一旁观望。那个打布口袋里一件一件往外掏的人不停地催促着围观群众赶紧买,地上摆着大中小号三个方尊,上面刻着十二生肖。一会儿工夫,两个大的已经成交。这时候,有人喊城管来了,摆摊的人赶紧把墓里东西装袋子里蹬三轮就走。赵古玩迷也不着急,就骑车一路尾随,眼看到了外环线,他紧蹬了两步,呼的一下,拿自行车别住三轮,喊:"站住!"赵古玩迷平时巡游的时候喜欢穿亲戚给的保安服,所以衣服非常唬人,把蹬三轮的吓坏了。

赵古玩迷说:"你卖的嘛?是真东西吗?"小贩说:"我嘛也没卖!"赵古玩迷急了:"你把你那包打开!你要不老实,我就报警。"小贩赶紧照着做。赵古玩迷说:"你把这些卖我!"小贩心都哆嗦了说:"这些东西不是卖的,我摆家当装饰品。大哥你要多少钱?你放我走得了。"赵古玩迷拧劲儿也上来了:"你这包里的东西要不成本价卖我,我就打110。"最后这招逼得小贩把存货全出手了。

赵古玩迷回家后直接奔自己弟弟家,举行了民间鉴宝活动。在他夸赞这花八千多块钱买的石头方尊如何古旧如何栩栩如生如何分量重的时候,弟媳妇过来说:"我给你鉴鉴。"抱起方尊上去就一口,赵古玩迷正要急眼,弟媳妇说:"你看看上面我这几个牙印儿！什么石头的，最多就是个树脂的！"赵古玩迷这心疼啊，有牙印儿的方尊这回想出手都出不去了。

　　裹着报纸藏赵文雯家床铺底下的是一个铜包金的猴子，她爹地一口咬定是古董，因为他随身带着的吸铁石都没吸上。

　　到底存点儿什么最值钱呢？还是存点儿心吧！

品质生活就是吃糠咽菜

一个很久没联系的朋友忽然问我:"你最近做什么小茶点了?"我这才想起来,厨房里放着满满当当一柜子烘焙的东西已经很久没用了。我回家热血沸腾地一样一样往外拿。正坐沙发里关注叙利亚局势的妈咪仰脸问:"你又瞎祸祸嘛,你再吃点这个更胖了。"但我还是摆出一副我为人人的姿态,说做给大家吃。

冰箱的冷冻箱里还存着蛋挞坯子,我把它们跟饺子似的排好队摆着,但突然忘了蛋挞液怎么做了。翻书!烘焙书里关于蛋挞的做法写得跟论文一样,也不给张图,那配比表里很多成分俺家没有。我妈说:"刚买烤箱那阵你不是每天做两锅儿吗?怎么现在不会做了?"我还真全忘光了,可见缺嘴儿多长时间了。这蛋挞往里兑的到底是什么呢?

我又上网查,翻出烘焙名人的微博,那行家里手介绍得倒细,但没有一页是针对我这种重新零起步的人士,上来就介绍怎么做夹层,怎么让蛋挞带馅。让我特别有种做鸡蛋灌饼的冲动。查找科学依据的时间是漫长的,长到烤盘上的蛋挞坯子都开始流水了。我妈咪很是淡定从容:"看看冰箱里有什么就放

点什么吧。但有一点，如果不好吃，你也都得吃进去，不能浪费。"我赶紧再次打开冰箱。四个鸡蛋，蛋黄蛋清分离，面粉、吉士粉，开始搅和。因为不自信，所以打一开始就嘀咕。

烤箱的计时器叮咚一声，科学实验就算起头儿了。我先战战兢兢地"蒙二十分钟"，之所以要用"蒙"是因为我也不知道该烤多长时间，科学理论上有写让烤二十分钟的，也有让烤十五分钟的。但计时器归位，我妈咪先进了厨房，以常年烙饼的经验断定"没熟！"随手就又转了十分钟的定时。

我问她："你怎么知道没熟啊？"她说："上面没糊。"这熟的标准定得也太高了。

当半个小时在我一会儿扒一头，一会儿看一眼很快过去后。我用专业的防高温手套把蛋挞端出来了。颜色不对啊！正常的蛋挞一出锅儿，就跟里面盛着鸡蛋羹似的，我做的这个跟盛着碗稀饭似的，白的！

在互相劝说下，在座人等，每人拿了一个。整体评价很快就出来了，万众一心地说："真恶心！"当然，我自己也下咽了，不由得对这个评价挑起了大拇指，因为我糖放得少，确实非常恶心。这时候我妈咪发话了："你把里面鸡蛋都吃了，壳大家分分。下次别做了，鸡蛋可惜了的。"我这样一个孝子贤孙，拿了一个空碗，大家把稀饭一样的鸡蛋液倒在我的面前。早知道这样，蛋挞坯子里撒点白糖也比这效果好啊。可是，自作孽不可恕,我捏着鼻子,一勺一勺给自己灌怪味鸡蛋。直到,翻心。我边咽边庆幸,没有在人人都买面包机的春风下也跟着进一个。

我顶讨厌那些鼓吹生活品质的字句了,那些有大把时间和闲情的人不是今天让大家自己做烘焙,就是明天让大家都去乡下田间拔菜,说那种日子才是有机日子。

我去过绿色蔬菜的大棚里,说实话,跟我们老家施化肥的大棚蔬菜没啥区别,可在城市边缘,人家管大棚叫"绿色农庄",是生态旅游的一部分。有一天我跟着一群热爱生活的人去了,一人领一塑料袋往大棚里一钻,果实累累就在眼前,摘吧!为了证明热爱"绿色",有人一边嚼着刚摘的黄瓜一边继续弯腰干活,不停有人在激动地欢呼:"哎呀!真新鲜啊!"我想,欢呼的人一准儿没有农村亲戚,或者严重缺少乡间生活经验。

不能说别人,其实我也一样,紧着往塑料袋里塞,就跟不要钱似的。可那些绿叶菜还没等我们开车回市内,已经蔫得像被揉烂的纸,萝卜和黄瓜在这样一个妖艳欲滴的季节,里面却都是糠的。

我决定不尝试"有品质的生活"了,熟悉的日子才是踏实的日子,舒服的生活才是最有品质的生活。

兴趣爱好的奇观

我们的"兴趣爱好"多半是在小学阶段被"激发"的。

选择兴趣爱好小组如同抽签,土土在眼巴巴看着自己跟体育有关的项目无缘以后随大溜进了工艺蛋壳组。自打他选择了这样一个兴趣爱好,我们家每月吃鸡蛋的量徒然增加。经常在早晨要上学的前一分钟,他大叫一声:"哎呀!今天得带两个鸡蛋壳!"这句话就跟有人拿枪顶着我的脑门一样,我问:"带生鸡蛋行吗?"土土不容分说地拉开冰箱说:"不行!"

我拿针在鸡蛋顶端各扎了一个眼儿,鼓着腮帮子往碗里吹,时间一分一秒地过去了,我憋得都快脑溢血了,再看那细水长流的蛋液滴答滴答不紧不慢。急得我拿针不停地把小眼儿再扩大,最后那眼儿变成了洞,整个鸡蛋黄呼的一下就出来了。我脸红脖子粗地吹完两个鸡蛋壳,等他蹑手蹑脚地裹上纸放进书包里,突然大叫:"哎呀!"蛋壳炸裂的声音虽然细小,但我叫的声音比土土还大。白吹了!最恐怖的是,还得继续吹!

土土问,是不是嘬能快点。我闻了闻鸡蛋,直接把鸡蛋底部磕在了桌面上,在下面掏了个洞。他跟护着小鸡一样,抱着俩破鸡蛋壳上学去了。而所谓的公益蛋壳组,就是在鸡蛋皮上用彩笔画画。自从他参加了这项活动,每月三斤鸡蛋迅速成为鸡蛋皮。而每到这个兴趣小组活动的时候,我非常自觉地早起一小时,就为了吹鸡蛋。本着对艺术负责的态度,鸡蛋上的眼儿还得越留越小。

一学期终于过去了,我半年多来再没磕过一次鸡蛋。有的时候我也闲得无聊就想多吹出几个留着用,起码早晨还能多睡会儿觉。我甚至还买了几个大鹅蛋,想让土土的作品鹤立鸡群。可万万没想到的是,这蛋吹早了也不行,蛋液在里面干了,皮就非常脆。本来还想显摆一下,土土倍儿高兴地很自豪地拿出大鹅蛋,刚画一笔,啪的一下蛋皮就碎了,画另一个,结果也是一样,归齐他那节课就守着一堆蛋皮枯坐了四十分钟。

有一天土土很郑重地跟我说:"咱养点儿什么,丰富我写观察日记。"我说,你就写写我,不怎么吃饭还能越来越胖,这得好好观察。他瞥了我一眼,蹲到一个纸箱子旁边。我以为那是卖小鸡小鸭子的,定睛一看那一箱子肉虫子。孩子们稚嫩的声音在我耳边响起:"蚕宝宝真可爱啊!"同样是胖子,人还不如虫子。这蚕都要成精了,又长又粗壮,像大青虫似的,看一眼,我胳膊上迅速起了一层鸡皮疙瘩,再看几眼我估计都得吐了。可一群孩子蹲那扒拉来扒拉去,还拿起来放胳膊上,看蚕挺着身子摇头晃脑。

禁不起土土那纯真望向我的眼神,我给他两块钱,然后离得远远的。很快,他就拎着塑料袋跑向我,高兴地站在我面前下手往里掏。我说:"买了两条?"他说:"叔叔给了我十二条!"我立刻抱住一棵树。

到家土土腾出一个很大的纸箱子,用养鸡的方式把他的蚕宝宝安顿好,然后把脑袋扎在箱子里。不一会儿,扬着脸对我说:"妈妈,你把头放箱子里,听听蚕咀嚼的声音。"肉虫子吧唧嘴的动静居然在孩子心里是天籁之音。土土给这十二只虫子设计了未来,让它们变成蛾子,生更多的孩子(至少得一千只),然后吐出五彩丝,给妈妈做件真丝背心。

没几天,一个亲戚来电话,让我去他们家摘叶子,我以为她家种了香椿树,她说种的是桑树,我问她为什么种这树,她说:"你儿子要写观察作文,怕蚕饿死,让我买棵桑树种院里。过来揪叶子吧,等养到上万条,你那五彩真丝背心就有了。"我每天忍着恶心,还要对这些虫子大加赞美,因为在儿子心里它们就是天使。

后来一个朋友说,你好歹还认识个种桑树的,不会像俺媳妇她们娘俩,一放学为了家里嗷嗷待哺的蚕宝宝,满世界踅摸桑叶去。还有个朋友,居然小时候还用体温孵化蚕,这是什么样的精神啊!她把附在纸上的蚕卵用棉花包一层,纸巾再包一层贴身放着,半天检查一次看孵出来没。看到有黑色小蚕宝宝咬破壳钻出来,就拿桑叶芽尖或毛笔尖给挑出来放在桑叶上搁盒子开始养新生代。

"兴趣爱好"是我们在走过了青春之后，回望童年时发现的曾经留下的一个奇观。

肉去如抽丝

夏天，胖子惆怅的季节。任何有腰身的衣服都能让你自尊掉一地。

在地铁站里遇见一个同事，拎着个盒子，我问装的什么电器，她说："创意产品，甩脂机。"顾名思义，这是一款减肥产品。到单位，这位同事顾不上喝水，打开盒子就把一个类似腹带的东西捆自己身上了，一猫腰，插销捅进电门。开关挡直接给到头，这同事上半身就开始剧烈抖动，连说话都带着颤音儿。我觉得这样很快就能变成脱骨肉，哆嗦的劲儿也太大了。可是她说这机器的原理就是把身体里的脂肪摇晃碎的，然后给甩出来。我立刻后退一步，怕脂肪再溅我一身。对于如此强大的震动频率，这位同事已经很适应了，谈笑自如绝不远离插销半步。我半信半疑问，这管用吗？她很确定地说，已经甩出去不少了。后来，又有一位同事说，还有能全身震动的仪器呢，从头到脚一起哆嗦，但听说那个东西容易让人神经错乱。

在我对减肥这件事一筹莫展的时候，胖艳说，我教你一个管用的减肥操吧。双腿分开与肩宽，然后双手捂在肚子上，突然两手向外翻甩，同时口中得念念有词："肥肉，走你！"每次要做一百次，此为意念减肥重要一步。我说："肥肉有脑子吗？"她说："你有脑子就行。"我认为，有脑子的人就不会坚持这个办法。但还是照她说的练习了几下，正在我大声翻手高呼："肥肉，走你！"一个瘦同事迅速站在我面前，自言自语地说："这管用吗？要管用，把你的肥肉都给我吧。"于是，我在不停往外掸，她在不停用双手在空中接，"都给我，都给我。"就好像那些肥肉真就源源不断在空中飞舞了，她徒手捞了一下捂在自己胸口："这儿给我一边来两斤。"我大叫："哎呀，四斤还高高的，挂得住吗？"

真是肉来如山倒，肉去如抽丝啊。

同有减肥志向的隔壁办公室同事打印了好几份减肥食谱，一共十三天的三餐饮食搭配，她一边嚼着苹果一边发传单，并信誓旦旦地说，这是网上流传的认可率最高的减肥秘方。我高兴地接过打印纸一看，早餐一般只给一杯黑咖啡，郁闷而忧伤的一天从早晨就开始了，到中午可以见荤腥了，而且还必须是牛扒，到晚上就更可以了，有一天的食谱居然是吃半只鸡。我当即就不干了，直接找发传单的人，质问这哪是减肥食谱啊，简直增肥食谱。她定定地看着我，牙停在苹果上，下面有了浅浅的牙印。然后咽了一下口水，"那我先尝试，我要瘦了，你再照着吃。"

身边还有人在进行"缝嘴实验"，也就是除了水果蔬菜什么都不吃，然后配以大体力劳动。这闺女买了两斤黄瓜，从早晨开始，只要饿就吃条黄瓜，三根之后，擦玻璃开始头晕，差点打窗台上折下去。她扶着花盆，抹了把虚汗。开始吃带糖分的苹果，半个小时就吃了四个，而且越吃越饿。他老公看了一上午，不得不开口了："你这么个吃法，瘦不了！虽然不吃主食，但吃进去的水果蔬菜量也太大了。"这位饿一上午的同事，下午就开始甩开腮帮子吃了。

再说我。晚上一般就开始进入不吃不喝阶段了。有一天下班心血来潮打算走着回家，因为想着步行可以抄点近路，哪承想，走了四站地以后就开始迷路了。越走心里越嘀咕，一路逢人便问，扫听着往家走。遇见两位遛弯的老人，很仗义地说："你方向走错啦！赶紧往回走吧。你说的地儿可不近，这也没公共汽车，打个车吧。"我说："没事，我走走。"刚抬腿没两步，大娘就说："这闺女，还挺有劲儿。"

走到家，赶紧过秤，我腿肚子都走转筋了，你猜瘦了多少？0.2公斤，也就是四两！我算了一下，按这速度加上反弹，整天不吃不喝在大马路上跟个疯子似的竞走，这身肉想下去得走到快退休了。

像打游戏一样过面儿

我和木木是办公室里被嘲笑频率最高的一个。我这么说其实是想拉一个垫背的。在每年申报职称的时候,木木会特别认真地拿着一叠钉好的打印纸仔细揣摩,总是在这样的考试季,她要一遍又一遍地"吃透政策"。吃了很多年,政策始终没变过,对于职称而言,工作如何暂且放在一边,但英语、计算机是必须要考的,论文是必须要在专业期刊上发表的。

对于一个看美剧还看字幕的人而言,自打工作就从来没接触过英语,小学中学大学一路走来所学的英语因为平时根本就用不上,所以随着毕业全忘得精光。这人到中年了,忽然就出了拦路虎。"你去摸摸情况吧!"我觉得我去只能交白卷,所以派木木先考一次,起码知道靠查字典蒙单词时间够不够。木木真是好同学,说去就去,提前一天看了一晚上美剧权当复习功课了,转天胸有成竹去考试。

她后来传递给我的情报是这样的:如果长得不像,替考会很快被发现然后揪出去,所以,干脆死了那条满大街踅摸长得像自己还必须英语说得跟演电影似的人。考场气氛很普通,没察觉有特别的异样。至于考题,卷子发下来从第一题的第一个单词就不认识,几乎所有考试时间都用在查单词上了。但很快又发现了一个问题,就是知道意思的单词全放在一个句子里的时候,几乎蒙不出这句话到底是什么意思。

我几乎要眼冒金星了。

全办公室的正能量是会影响到一个人的内心的。当发现评职称是条死路的时候,大家也只好认命,买各种题库勤学苦练。

我是一个遇见困难很容易气馁的人,所以,我选了一门据说特别容易,简直闭着眼都能答对几十道的计算机应用能力之一"互联网应用"。我对着那些题相面了半小时,一边看一边运气。这好几千道题哪有一道题是为日常工作而准备的?在这么一个大数据时代,居然有很大一部分考的是如何拨号上网。发个邮件,考题也绝不让你痛快发,一定绕了八百圈才允许发送。你还别用快捷键,想去繁就简那是生活,那不是考试。考试必须遵循这么一个逻辑关系,网上有个比喻:"学校距离家两千米,问,去超市十五分钟能买多少包卷纸?"

在我还年轻脑子够用那会儿,也参加过若干次考试。当时看着考场里那些上岁数的人心里真不是滋味,他们很少用电脑里复杂的软件,所以考试半小时后,我后面俩人就开始聊上了。开始是一个人问另一个人答,问了才知道,机考题还是AB卷,虽然座位挨着,但云山雾罩各不相同。

计算机考试有个特点,路径不对的时候所有选项都是静止的，只有答对的时候屏幕才有反应。我先考完出来等其他人，从门缝看见我后面的老大姐双手捧着鼠标在桌子上晃，就跟鼠标是热馒头似的，东按一下西按一下，肯定是都没按对地方，她正试着，突然整个人往后靠了过去，差点把鼠标给扔了，然后对旁边人会心一笑："哎哟，动了，还真蒙对一个！"

　　考试，是个门槛。五年十年或者更久，你都要像游戏过面儿一样去通关。我问一个长者为什么要考试，他说："退休费能多点儿钱。"

心里揣着发财梦

每个人心里都有一个梦。冯冬笋的梦是拿曲别针换别墅。自从他遇到了几个收藏爱好者,就跟知道了海盗藏宝山洞的密码,心事重重但掩饰不住内心的欣喜。终于有一天,攥着拳头在我面前晃悠,然后说了句特别小儿科的话:"你猜我手里有嘛?"我掀着抬头纹问:"是送我的吗?"他摇了摇头,我瞪了他一眼:"你!赶紧从我眼前消失!"冯冬笋没趣地打开了手掌,一块跟滑石猴似的东西吊着红绳子,"红山文化。玉猪龙!"我根本就没多看一眼,那成色的东西我们家门口夜市地摊上能铺一塑料布,十块钱三件。可是冯冬笋坚决不认同,他说他六十块钱买的,转手就能卖几百。当今有那么多傻子吗?

想发财的人永远是神采奕奕的。

凌晨四点,我被冯冬笋的电话叫醒,他让我即刻出发,因为想捡漏一定要赶早。我努力睁开眼睛,但叫嚣着这个点儿根本没公共汽车。他在电话那边慷慨激昂地说:"坐什么公共汽车啊,也许你等车那工夫好东西就让别人买走了。"没等他说完我就把电话挂了,坚定不移地又睡了一个半小时。

我从来没逛过古玩市场,而且在我的印象里都得是纨绔子弟或者钱实在烧得难受的人才附庸风雅地把别人墓里的东西当宝贝存着并且把玩，简直就是另一个层次的守陵人。冯冬笋不这么认为，他说买的不是东西，是中国历史，是岁月积淀的文化。比如，他看见一个立在马路牙子上的大瓷瓶子，立刻跟专家似的拿手指头弹弹瓶壁，手法非常像挑西瓜。然后侧耳听去，虽然是大清早，但拾漏的人已经让这里人声鼎沸，除非把瓶子砸了才能听出点动静。他问摊主多少钱，对方操一口河南话告诉他四千八，冯冬笋这手就没停止弹瓶子，边弹边说："这太离谱了。咱实打实，多少钱？"对方站起来了，一手拎了拎裤腰一手按着瓶子欠身说："大哥，你给个价！"冯冬笋沉吟数秒说："二十！"这数打他嘴里一出来，我噌地往后退了一步，摊主真好脾气，只是满脸鄙视地挥挥手又坐下了。四千八直接划到二十，这不是找打吗？文化太不值钱了。

后来，冯冬笋又看上一个青花瓷的瓶子，他非常有文化地给我讲，那瓶子上面之所以有盖，是蒙古将士征战沙场，当有人战死后就将骨灰放在这种瓶子里带回故乡。我大惊："也就是说，这瓶子是骨灰盒？"他深沉地点了点头，然后大声问："一百！出吗？"我旁边小声问："你要买这个干吗啊？"他一回头："放茶叶。"

我亦步亦趋，发现很多卖手串的，大量的紫檀、菩提子之类的东西，摊主们在那擦啊擦啊，卖玉的人忙着给自己的货挨个抹核桃油，在一盒看着还不错的镯子旁边放着张纸，上写"包圆儿一千"，太便宜了！我从来不动手，实在怕再遇见碰瓷儿的。而且，以我没文化的眼光看，百分之九十以上都是假的东西，有的甚至连工艺品都算不上。

当八九点钟的太阳照在我们的头顶，我热得又打了把伞。冯冬笋说："你这样打扮得像个外地人，买东西不好划价。"我说："这趟文化之旅我就没打算花钱。"

冯冬笋苦苦寻觅一种玉雕小人，他说古代文人都在腰间别一个。后来，我看他每每拿起的那种小石头人都会起一层鸡皮疙瘩，那种文官我在东陵见过，古代君王墓地外面都有。好不容易说得他放下这个，又拿起一个《聊斋》里的书生。当我们从古玩市场离开的时候，他腰里如愿以偿地挂着个人。

冯冬笋确实有文化，一个杯子一个碗都能给我讲出不同朝代的历史特征，但我依然没有想拥有这些东西的冲动，没做好对来路不明的东西薪火相传的准备，我害怕。比如我刚赞美了一个玉蝉不错，冯冬笋就跑过来说："这是放在死人嘴里的。"我都怀疑他以前是盗墓的，怎么对地底下的东西那么明白呢？

很多人做收藏说这是收藏文化，把文化安在商业链条上，文化的光泽黯淡了。

热爱生活从这里开始

王瘦溜是个非常热爱生活的人。上班的时候计算机页面永远开着淘宝网,别以为她只看不买,真正热爱生活的人是逮什么买什么,你在那边开着会,她这边订单都下完了。为了装那些连试都没试过一次的衣服,她特意又从淘宝网上花七千多块钱买了个大衣柜。一柜子衣服大概都不到七千,本着"只买合适"的原则,超过一百块钱的衣服她很少出手。一打开衣柜门满眼都是挂着标牌的衣服,不知道的得以为她晚上干二职业摆地摊儿呢。

王瘦溜把逛商店的时间节省出来健身,为了学太极拳,她直接奔武当山,在那发来短消息说:"到处都是外国人。"我坚定地认为她是学外语去了。在山里跟五湖四海的师兄师妹们住了半个月,又花了一个大衣柜的钱。我说你学会穿墙术了吗?她说她的师父会飞檐走壁,她正跟着师父学打拂尘。选这武器,学完直接就可以用于扫房了。但她出师归来,我让她给比划两招,她谦虚地一屁股坐在椅子里,一手玩着鼠标,俩眼扫着淘宝界面,一边说:"比划什么呀,一回来就忘了。那边空气真好,适合养生。一起练功的有个希腊小伙,长得真好看!怎么能长得那么好看呢！"

让王瘦溜武功尽废不出一个月的工夫，她几乎连花拳绣腿都摆不出来了。每到有好事者来邀约她练武的时候，她都挠着头发说："怎么全给忘了呢？"虽然武功忘了，但希腊小伙的样子还记得。后来，王瘦溜为了锻炼自己的记忆力开始游泳了，因为一般人会骑自行车或会游泳一辈子都忘不了。王瘦溜家不远处有个游泳馆平时很清净，她每天计划坚持游一千米。第一天我询问训练成果，她不好意思地说："今天在游泳池里认错人了。"我说："游泳的人多，认错难免。"她说："不多，整个游泳馆只有三个人，其中一个还是我老公。"我好奇心立刻涌上来了，就跟下水道水管子崩开了似的。王瘦溜说，她看见岸上有个胖墩墩的男的在那坐着，她就在水里站住了，伸出一只手，手心朝上，按固定频率往自己怀里抽搐，同时说："来呀！来呀！你下来呀！"但那男人两眼茫然，仿佛被定在岸上。当王瘦溜一次又一次召唤，都要急眼的时候，旁边她老公的声音响起："你干吗呢？我在这呢！"

就是这样一个健忘的可爱闺女一次一次跟中了病似的邀请几位闺蜜到家中吃饭。说实话，这个年代已经很少有人愿意串门了，但架不住热爱生活的王瘦溜真诚邀请，她甚至为此提前两天就开始筹备了。

闺蜜们一大早从各自家中出发，在一片低矮旧楼中发现她所居住的小区突兀地拔地而起。因为小区破败而荒废，一位闺蜜居然因为实在找不到小区门直接翻墙过来的，另一位闺蜜是从断裂的铁栅栏处钻进去的，我是绕了又绕找了又找才摸到她家。一进屋，真是别有洞天啊。墙上有字画、油画、十字绣以及个人写真，书房和客厅一面墙的书架上满满当当都是书，连那个大衣柜都显得特别有文化。

为了让女知识分子的午餐聚会显得有质感，所有闺蜜居然或穿着旗袍或穿着连衣裙落座，规规矩矩坐在那把俩腿别在一起，都跟得了小儿麻痹似的。为了烘托气氛音响里循环放着陈百强的《偏偏喜欢你》。大约等了一个半小时，忙碌的王瘦溜打厨房开始往外端菜：拍黄瓜、拌西红柿、炒鸡蛋、茄泥、蒜蓉油麦菜和一碟子能数出片的火腿肠。这时候，王瘦溜笑盈盈地坐在主位上问："菜齐了，还开红酒吗？"我大呼："就这还用准备两天？"她认真地点了点头，我们都感动了。

我说："音乐有了，菜有了，得有酒啊！"备受鼓舞的王瘦溜腾地站起来奔阳台，拎着俩塑料桶回来，咚地往桌上一放："自酿的葡萄酒，有白葡萄和红葡萄你们喝哪种？"要不介绍以为是两桶油呢！瓶子上都是土，看得出来酒一直在阳台上晒着。我问你喝吗？女主人说，"我不喝！上次喝了一口就给晕过去了。"

米饭按高矮个给量，我面前的是一大海碗。借着气氛，我

囍。欢

◆ 时光被消磨成一个轮廓,我能听见爱在流淌,那么可爱,那么美丽而动听。远处,有个声音变得坚实而高大,变成了一面可以安心依靠的墙。

囍。欢

◆ 抬头,天空如此辽远,而我,没有翅膀,无法乘着那强劲的气流飞越人世的浮华万千。好在,没有天空的自由,还有脚下坚实的土地。

们边吃边参观了她几大衣柜没上过身的衣服,并欣赏了她摆出的几个太极拂尘招式,还真像扫房,差点把我眼镜打眼睛上抽下来。房间里充满了没心没肺的笑声,热爱生活从这里开始。

光脚的要怕穿鞋的

俗语讲"光脚不怕穿鞋的",这句话透着一股绿林好汉豁出去的气势,仿佛光膀子处那块刺青的肉还在抖。多少年来,我们习惯了这种对人对事的思考角度,最简单直接最短兵相接黑白相见。不怕,让我们少了敬畏多了莽撞。世上置之死地而后生的狠劲儿未必能起到真正的作用,凡事留有余地才能给自己腾出更多的伸展空间。

前段时间新闻里说神农架的山顶被炸平了,建了飞机场,要直接开发成旅游胜地。估计以后再有小长假,那里也会漫山遍野都是人酱了,什么野人、原始森林,只要开着大铲车的建设者一来,我们就是未来的主人翁。日后在里面开发点别墅楼盘也不是没有可能,现代人不是都在向往采菊东篱下悠然见南山的景致吗,可以大举还迁到古诗生活里。

谁是光脚的,谁是穿鞋的,这是个问题。在我看来,占据更多资源的是穿鞋的,而且你穿的还是一双昂贵的鞋,昂贵到任何一场拍卖会都会有人想用攀升的数字争着举牌儿。在寡与多之间,我们内心的欲望蔓延上来。不怕,让我们精进勇敢。出发,便能占领。

每一年登珠峰的人都在增多，甚至有人发微博说，珠峰很累，因为登山者都排起了队。有了相对容易走的固定线路，有了向导和替你扛行李的背夫，如果再安个观光缆车是不是登山就更完美了？可我们的敬畏之心呢？

光脚不怕穿鞋的，久了，也就变成了一种习惯。习惯，就像病毒携带者，你不知道"慢慢习惯"来的东西什么时候就成为一种恶习。它很可怕，因为习惯，会觉得理所当然。因为习惯，没有人去想如果失去是什么模样。

古训道："畏则不敢肆而德以成，无畏则从其所欲而及于祸"、"天下大事，成于惧而败于忽"，人之为人，总得有点敬畏之心，官员要敬畏民意，公民要敬畏法治，凡夫要敬畏万物……人可以无知，但不可以无畏，敬畏不是害怕，而是尊重，是一种发自内心的对自我的约束。

狄更斯在《双城记》里的名言被各种翻译版本演绎着："这是最好的时代，这是最坏的时代；这是智慧的年代，这是愚蠢的年代；这是信仰的时期，这是怀疑的时期……我们应有尽有，我们一无所有。"光脚的和穿鞋的是同路人，心存敬畏才能走得更远更久。

所以，光脚的要怕穿鞋的。找个地方，把膀子处的刺青先洗下去吧。

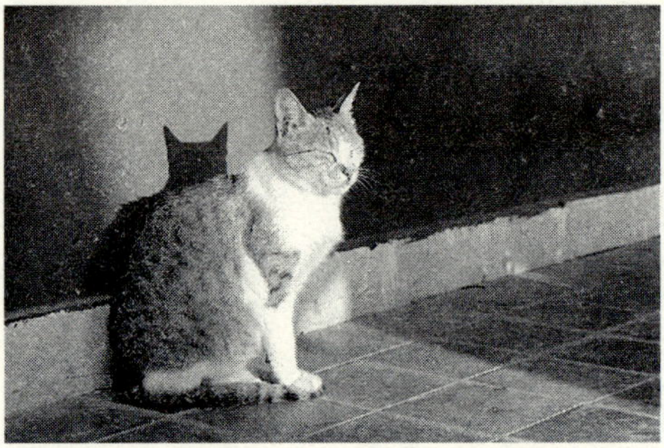

安贫乐道是励志语

- 每当我把办公室抽屉哐当一下关上，我的同事白花花都会拉长音儿说："活着，得学会安贫乐道。"她用这四个大字几乎安抚了我近二十年。估计我这辈子都很难学会在职场里逢场作戏，最多葆有自己的温和与沉默。然后拿更多的勇气去，安贫乐道。

- 好在生活一点儿都不单调，总能土坷垃里发现玻璃珠。于我，"安贫乐道"这四个大字也成为最实用的励志语。

只有包办才完美

我从运动馆打完羽毛球浑身是汗地走回办公室,屁股刚坐定,陈完美摇曳着就进了屋,我随口说了句客气话:"你今天真好看。"不知道是不是这句话激发了陈完美的兴致,她突然说:"我觉得你穿旗袍特适合!"在她发出这句感慨的时候,我跟刚洗完头没拿毛巾擦似的汗顺着头发丝往外冒,都迷眼了。我以为她也是说客气话呢,但接下来的全部时间她都在忙乎一件事,让我穿旗袍。

我越来越觉得陈完美在跟我成为同事以前一定干过传销或卖过保险,并且业绩不俗。因为我那么立场坚定地说我每天打球穿不了旗袍,她还是认为不穿旗袍我的整个人生都晦暗了。

好不容易耗到单位开会,我想开完会大家各自回家,陈完美就能把旗袍的事忘了吧?可我本还没合上呢,陈完美的声音就在我耳边炸开了:"就这件!你买吧。反正你要不买我就送你。旗袍必须是你的。"我脑袋上刚落下去的汗又冒上来了。我说:"如果必须穿旗袍,我能挑挑颜色吗?"陈完美说:"没法挑,他们家就这一种款式一种颜色的旗袍,没别的。"我才知道,开淘宝店的跟陈完美一个脾气,可着一匹布一种版型做衣服，不卖挑。

我以为我把旗袍的钱交到陈完美手里就能踏实了，可她热情地开始为我挑选能跟旗袍搭配的鞋，人家是为我好，所以我低眉顺眼地坐在她旁边，把双手放在俩膝盖上："你挑吧，你点哪个，我买哪个。我包里就五百块钱，花完了省心。"陈完美说："那买双跟我这一样的吧。"她把脚往外一伸。我说："材质可以随你，样子我能选选吗？"她挑出了满屏幕的塑料凉鞋。我自言自语，原来你穿的是塑料凉鞋啊，烧脚吗？陈完美说："塑料凉鞋软，舒服。嫌烧脚的话可以垫一副棉鞋垫。我就垫了！"她再次打桌子底下伸出自己的脚，为表现调皮，还动了动脚豆儿。

我说："要不，就买便宜的塑料凉鞋吧，下雨可以趟水。"这时候，办公室的尽头传来一个声音："王小柔给旗袍搭配鞋的标准是能不能趟水，直接买雨鞋吧。"但此时，什么声音都影响不了陈完美，她打开了几十个页面挨个问我行不行，期间还拉来诸多男女同事撅在电脑前面帮着选。最后她决定买一双标价十七块零八毛的塑料凉鞋。我迟疑地问："这鞋，显得太次了吧？"此时办公室尽头的另一个同事实在受不了了，指指点点就冲我们过来了："什么显得太次！根本就是太次！这都2013年了，你们花十几块钱买双鞋，还指望它好哪去啊？"

我一听这话，立刻决定，旗袍可以买便宜的，因为穿不穿还两码事呢，鞋买好点的吧。陈完美受命又打开了很多网页，她说："民族风比较适合你，绣花布鞋咋样？"我觉得我后背冷汗都出来了。我眼前出现了无数红绒面绣凤凰的偏带布鞋，不禁说："又不结婚，找冷色调的。"陈完美又点开几个大图，不是白底蓝花的青花瓷就是黑底绿花的小鸳鸯，我沉吟良久不得不阻止了陈完美："这些是寿衣，给死人穿的吧？民族得太鲜明了。"俩人对着地呸呸几下啐了点吐沫接着找鞋。

我中途要求鞋不能露脚豆，因为只要露，陈完美一定又让我选指甲油，没准还得让我修脚。她没分神帮我安排打耳洞买真丝修形内衣已经不错了。

最后，陈完美终于一一关了网页，甩在最后的是一双深蓝色镂空脚面的麻线鞋。其实在全中国各单位基本都到了下班点儿的时刻，买什么鞋对我已经不重要了，只要陈完美满意，能让我回家，把钱花出去，我就心满意足了。

鞋虽然选完了，陈完美对鞋号很纠结，她非认为按鞋号买鞋是不准确的，必须按鞋垫的尺寸买鞋。她说："你量量你的鞋垫！"谁跟她那么有大夏天垫鞋垫的瘾啊。旁边一个看不下去的同事说："她没鞋垫，别买了。"陈完美说："量脚啊！"并拉开抽屉扔给我一卷尺，她怎么什么都有啊！

我抱着自己的脚丫子，量厘米数。最后，陈完美非常果断地为我做主选择了比我平时还大了一号的船鞋。

天可算全黑了。那些跟旗袍有关的东西正打祖国四面八方寄往我家。我乐观地估计，很快就能穿着旗袍打羽毛球和挤地铁了。

拾漏儿

我徒弟不知道打什么时候开始有了个新爱好——收藏。我问他收藏门类,他说:"花钱少的。"问他投资金额,他说:"一百块钱以里。"收藏跟收破烂的差别就在这了,但他坚信在这一行里能够通过吐沫沾家雀走上致富路。

我徒弟说话很自信,估计因为打小当班干部当的,别人沾自己不懂的起码会心虚,他不会,能把一个他不懂的事讲得风生水起,说话时上身前倾,两眼直视你的目光,配合一定手势,并以"你明白吗?"为句子的结束语。这气场能把稍微懂点儿的说得都没信心了,打心里赞叹这小伙子懂得真多啊。

我就是因为被他能说善道的架势镇住了,于是在他凌晨四点打来电话的时候迷迷糊糊起床刷牙洗脸,他说这个点儿去沈阳道能空手套白狼,拾着漏儿。我倒不是想收藏,我想看看这些人到底是怎么吐沫沾家雀的。我徒弟特别兴奋地告诉我,他还约了一个特别有名的收藏大家打北京来,陪我们一起逛,"有他在一定能买到好东西"。我徒弟仿佛看见了一座金山,说话都颤抖了。

我们在茫茫人海里打了不下十个电话才看见彼此,隔着一群老头儿在人堆儿里挥着手。接下来就是找那个收藏大师。大师据说已经买了不少东西,他的时间宝贵,所以我们必须按照他给我们的线索去找他。整个上午,我眼睛光瞠摸"秃顶戴眼镜"这个相貌特征了,地摊儿上的宝贝根本就没看。追了两条街,可算跟大师相见,握了握手,跟来开会似的那么严肃。

　　看得出来我徒弟非常崇拜这位大师,跟在后面点头哈腰,每当大师拿起一件东西,他立刻弓着腰问:"您看这是哪个年代的?"大师微皱眉,把东西在手里倒来倒去看一圈儿,然后语气坚定地告诉我们,这是明末的、那是清初的,等等。我心里盘算着"哪那么多真的呀"。那些破瓶烂罐子我在很多地方都看见过,可是收藏大师那买劲真让我开眼,怎么就没他不买的呢,散尽家财的阵势,一会儿就把双肩背包塞满了。还特别心满意足地每放进去一件就自言自语:"玩呗!"弄得我徒弟心猿意马,跟丢了东西似的。因为东西太多,我徒弟负责抱着一部分。

　　我忽然看见遍地的宝石,跟煤炭似的,摊主拿把刷子在水盆里使劲刷,然后拿个手电给你照,确实透亮,颜色鲜艳。我问这是啥,大师说抚顺的琥珀。我拿起来一掂,真轻,跟塑料赛的。摊主说一块钱一克,几十块钱能买很大一坨,别说,还真有人买。可大师看这一地东西的目光很鄙夷,他说如今玉都不值当碰了,要碰就得碰木头,玩点海南黄花梨、核桃什么的。

可话虽然这么说，但我看他买的东西个个都像陪葬品，透着股阴气，我这个人迷信，所以那些有历史感的东西我连摸都不摸。

我徒弟在大师的熏陶下出手了，买了一对儿核桃，买的过程很漫长，以至于我都转一条街了，看他和大师还蹲地上拿起这个放下那个举棋不定。在我也蹲下来之后，大师终于发话，我徒弟把钱可算花出去了。大概参加"鉴宝团儿"不花点钱是一种耻辱，所以，大师替我做主让买了一个民国时期牙雕的戳子。我和我徒弟各搓着宝物往公共汽车站走。

因为太过兴奋，戳子一滑没拿住，掉地上立刻断为三截儿。我大呼一声，立刻拾起来拿牙咬，居然不是塑料的！是树脂的。我让我徒弟又拿打火机点了点，心里踏实了，确定没买动物制品。"把你核桃给我！"我徒弟把宝贝往怀里藏，但我还是一把夺过。"你这对儿核桃太好了，俩长得连花纹都一样，一个模子里的吧？"他战战兢兢地问我是不是想把他的核桃也给砸了，我冲他点点头。他还挺听话，胡同里找出块石头，你猜怎么着？核桃里还有塑料芯呢！

我们哈哈大笑着。原来我们就是"漏儿"，某些起早贪黑到此摆摊的人才是来拾漏儿的。

请让狗先走

每天黄昏，几乎就是家家户户养狗人家放牧的时间。动物保护者喜欢说"狗是人类忠实的朋友"，其实这句话应该反过来说：人是狗忠实的朋友。

电梯停了，门一开，进来一条半人高的狗，我下意识地往后缩，后面跟进来一个穿睡衣的女的，看了我一眼，随着电梯门关闭，她问："怕狗吗？"这句问得像挑衅，因为空间狭小，狗闻了闻我的脚面，并没有做出其他出格的举动，我赶紧示好，低着头言不由衷地夸："它性格多好呀。还长那么好看。"狗主人显然很高兴，用了很多拟人的排比句，而我一直盯着电梯楼层数，心里直骂街。

小区里，从很远，就会有人停下来热情地对远处的狗喊："乐乐，出来玩儿啦！"我顺着那声音看几十米之外的乐乐，目光呆滞，并不因为有人认出了它而兴奋，反倒一屁股坐在地上，呼哧带喘地微张着嘴。叫乐乐的鬃狮，个头很大，嘟噜肉在皮毛之内，也许是因为老了，这狗不喜欢动，即便走，也跟个老牛一样慢慢腾腾地颤悠着肉跟在主人后面，目不斜视。一般胖子会给人踏实、心眼儿好的印象，这只鬃狮也是，放心的主人在它身上居然连个缰绳都没给拴。好不容易那一摊肉站起来了，走了十来步，忽然停住了，屁股往下一撅，半坐半不坐的，好像在马步蹲裆。旁边的大姐手疾眼快把一张报纸掖在狗屁股底下，等着。最妙的是，狗拉完，大姐用手里的另一张纸团吧团吧又给狗擦了擦屁股。

人与狗彼此信任，相濡以沫。很多人喜欢穿着睡衣遛狗，在路上跟在客厅里一样。所谓遛就是一前一后各走各的，彼此放任自由。狗们彼此见面打招呼的方式也很特别，热络地互相闻闻屁股，在打算当街洞房的一瞬间被主人喝止住。

人用自己的审美来定位狗。昨天看见一条狗除了脑袋和尾巴还给人家留着点毛，其余部分全部剃光，露着粉嘟嘟的肉，跟一根儿长了腿的火腿肠似的。还有的狗，没有尾巴，据说打生下来就给剪掉了，倒是擦屁股省事。对这些我都可以容忍，毕竟这是人家的宠物，无论是给它们穿鞋穿衣服还是一光到底连毛和尾巴都不留，毕竟是在表达宠爱。我非常不适应的是主人对狗的护犊子，谁都别说自己的狗，而且都认为自己的狗不会咬人。

经常能和一些大狗狭路相逢，我不知道它们的品种，都是那种几个月就能到一百来斤的家伙。我下意识地会突然站住，请狗先走。这时候，主人就会颠颠地赶过来轻声数落孩子一样跟自己的狗说："哎呀，这是阿姨。它不咬人，你别害怕。跟姨回见！"睡衣和鬃毛过去了。我才敢拔步而去。

"它不咬人。"这是狗主人坚信不疑的态度。

我第一次听见这句话的时候是在五岁的时候，家长走得太快，我只好紧跑几步。瞬间我身后就有个东西扑来，它前爪搭在我的肩膀上，我在摔倒的那一刻，它又绕到我前面，我一抬头，看见一张狰狞的狗脸。那一楼的邻居后来跑出来说的第一句话就是："它不咬人！"第二句话是："你别跑，你一跑它就追。"可为什么那么大的狗就不能给拴住呢？尽管这个恐怖的画面已经被我的记忆格式化了，但据我妈说，之后好多年我都处于惊恐之中。成年后，我不怕狗了。却看见人类依然作为狗的忠实伙伴与它们荣辱与共，有的时候跟散养鸡似的，大撒把。养狗人的素质决定了狗的品性。

后来我告诉我的孩子，在有楼有人家的地方尽量不要跑，如果遇到狗，站住，行注目礼，请狗先走。如果遇到恶犬，可以找石头或棍子保护自己。

闺女你有隐身草吗

在街上经常看见一些非常大方的闺女,让我不由得不在心中对她们竖起大拇指。

我把车停在一所中学门口,因为要等儿子下小班,所以无所事事地在车里看起小说,等我再一抬头,墙边一对儿中学生正上演激情戏。因为他们在我的余光里实在站得时间有点儿长,让我不得不翻翻眼皮做做"望远"活动。闺女一看就十来岁的模样,穿的衣服上还有小兔子小猫以及蕾丝边,身体并没有完全发育,穿着个厚底儿鞋目测身高也没到一米六。就是这么个青春飞扬的闺女,俩手一直在面前男孩的身上上下求索。在人来人往的街边,闺女心里唱着"我的眼里只有你",她目不斜视,俩眼直勾勾地望向男孩。在恋人的彼此鼓励下,大规模人工呼吸开始了,我还真没见过这么大阵势的互相抢救。大街上人来人往,闺女就跟身上带着隐身草一样以为大家都是瞎子。从路上经过的人多有尴尬,女的一般匆忙瞄一眼假装什么都没看见匆匆而过,男的一般都会特别仔细地看上几眼,也匆匆而过,只有一个大爷实在觉得碍眼甩了一句:"干吗呢!"因为走得快差点绊着。

爱情的力量是隐身草,闺女忽略了全世界。我儿子小班都快下课了,俩人还没刹嘴儿,直到校门口的家长越来越多,他们被打扰,才互相盘着身子挪走了。三个小时里,我听见一个又一个人在那感慨:"现在的闺女!"

在地铁里,经常有闺女四脚八叉地坐着,旁边放着她的包或者买的东西,任你面前站多少人,多大岁数,只要你不说"闺女,受累挪挪",她就当自己兜里有隐身草。若赶上饭量惊人的,在人缝里也得往嘴里塞东西,车厢里全是她嘴里的味道。路有多长,饭量有多大。我总想,饿一天了吧?这得在什么单位干活,能把员工给饿成这样啊。果腹之余,不能少了打情骂俏。一男一女,居然隔着我互相端斗儿,仗着俩人都高,所以一车厢脑袋都在他们下巴底下。闺女伸出手,横在我头上,拿一个手指头端对面男人的下巴,燕语莺声咯咯咯地笑着,男的也不示弱,俩人在我头上交手。要不是人太多根本挪不开,我绝不情愿站在这样一个尴尬位置。后来闺女拿手机开始拍照,不知道她在照什么,我缩着脖子低着头。看见闺女的脚指甲盖涂满了绿色。

什么时候开始一些女孩和女人们都变得那么大方了呢?

我忽然很想念我的青春时期,那时候表达爱慕的方式是写信、写日记、写诗,有才艺的闺女会写歌,当然,这几点我都占全了。每天背着我的古典吉他去学习,德彪西一本接一本地熟悉，不弹琴的时候就开始写很多美好的句子，直到有一天，把自己创作的十首歌拿双卡录音机录下来，希望有一天能送给那个喜欢的男生。为爱情的一切准备都是沉默的，甚至连对方都不知道。我喜欢这样的感情沉淀，充满诗意。

那个时候，闺女们都是内敛的。最大尺度就是在街上手挽手，如果谁在公众视野里没完没了地嘴对嘴采阴补阳，没准能把派出所的人招来。有个朋友特别意味深长地对我说："看老外的电影，人家也接吻，可在你眼里是那么美好。再瞧咱这，年轻人在公共场合抱着亲来亲去，看着真让人腻味。"

同样是闺女们的爱情，意境如此不同。

敞亮的闺女是受人喜爱的，但敞亮得不是地方，实在让别人很尴尬，因为你的口袋里没有隐身草。

找不到草原的董小姐

跟董小姐一起打车,她坐在副驾驶,大家一路安静地盯着路况,司机大概觉得沉闷,随手按了一下收音机的按钮,里面一个粗糙的男声在唱:你不是没有故事的女同学,董小姐……

司机嗤之以鼻地在那评论:"这也叫歌?吃咸了坐路边拿女同志找乐儿的调子。"当听到"躁起来吧"那句,司机狠狠地把电源关了。可再瞧董小姐,司机都不看前面路了,侧脸问她:"你怎么了?哭哪出儿啊?"我这才惊慌失措地打后排座椅上往前蹭,打后面又拍她肩膀又抚摸头发。不劝还好,一劝哭得更动情了。要没安全带勒着,估计人就穿过玻璃直接趴机盖子上了。

董小姐因为姓董,所以打心里认为这首歌是写给她的。那一刻,几乎想起了所有没谈下去的恋爱和无疾而终的感情。虽然没人描述她为野马,但董小姐说,大学的时候有男孩赞美她是雄鹰。我觉得,雄鹰还不如野马呢,这是夸一个女的用的形容词吗?

董小姐长得很温柔,细皮嫩肉说起话来总是喜欢压低了声音。到底哪像雄鹰,我是后来接触到她才知道的。据传董小姐酒量大，而且爱喝酒，我正好有个非常憷头的饭局，就约上刚认识不久的董小姐一起单刀赴会了。那会儿大家都年轻，血气方刚的劲头还在，话没说几句拼酒的阵势就拉开了。我以为我先给自己灌下去杯白的，仗着满脸通红就能逃脱酒局上的追杀，没想到，对方不把我灌溜桌不罢休。在我左躲右闪之时，董小姐忽然站起来了，默默地打桌上抄起那瓶白酒给自己斟满，然后举向对我不依不饶的劝酒人，微笑着说："她不能喝。她的酒我双倍替她喝。"然后扬起头，一口就给咽了，随后又给自己倒满，再咽。轻轻将杯子倒过来微笑着说："您随意。"坐下后并不吃菜，而是用眼神扫过每一个劝我酒的人，无论男女全部秒杀。饭桌上瞬间沉默后，顿时爆发出喝彩声。

战斗的号角正式吹响了。反倒我被抛出了战局之外，始终埋伏在壕沟里观望。董小姐以一顶百，她要是男的，估计饭局散了我就打算以身相许了。我内心充满感激，真给我长脸啊！喝酒的董小姐确实像雄鹰，用两杯对一杯的架势主动出击，眼神儿一挑，你不喝也得喝。最后的结局是，十几个人，请客者尚有结账的意识，但他说已经不认识家了。只有我和董小姐相视一笑走在城市的霓虹灯下，跟港剧似的。

我本打算回家睡觉，董小姐非拉我去咖啡馆。咖啡馆正要关门，她咚一下就给踢开了，对羸弱的店老板叫嚣："我没来，谁敢关门！"老板不知道两个满嘴酒气的女人什么来头，马上把我们迎到座位里。老板很文艺，在我们喝咖啡的时候自己在台灯下看《变形记》。董小姐大声念着作者的名字："卡夫卡！你还看卡夫卡！"店老板抬起头推了下眼镜："您知道卡夫卡吗？"董小姐打脑门处往后捋了一下头发："知道！先给你来个大卡脖儿，卡晕了，扶起来接着再来一个卡脖儿！"手做着掐脖子的姿势。我和店员的眼神儿立刻黯淡下来，觉得倍儿没脸。

忽然，董小姐把鞋脱了，直接拉开门就往外跑。我招呼店主赶紧跟我一起追，这大晚上的再出事。她那速度、身形哪像喝醉了酒的，一个急转弯直接把跟在后面的店主晃了个跟头。我们这孤男寡女跑得上气不接下气，董小姐跑美了却又回到了店里。店主倒着气说："你快把她弄走吧，我得关门了。"

自从那次之后，我才知道董小姐的酒量和酒劲上来的后果。董小姐所有的爱情都毁在跟酒有关的故事里，我问过，有没有一个男人能让你戒酒啊？她说："男人都像水。最多是兑了水的酒。"很多年，我不去问董小姐到底在生活里经历了什么，她还是那么爱喝白酒，还是孤身一人因为工作的原因在很多国家很多城市匆匆而过。

想到她的时候，我想很多爱慕她的男人都会在心里唱："你才不是一个没有故事的女同学，爱上一匹野马可我的家里没有草原，这让我感到绝望，董小姐。"

我的骨灰干什么用了

赵文雯是个非常深刻的人，因为她会突然发问人生终极问题，比如前天，她把空调开得跟冰箱似的，我双手抱肩恨不能把沙发套拆下来围身上。在我问能不能把空调温度上去点的时候，她慢悠悠地站起来，拿手在我脑袋上划拉了一下头发，仿佛一把抓去罩在上面的蜘蛛网一样，轻得像阵风。在几声嘀嘀之后，她一屁股坐在我旁边问："你说，我死了以后，火化完了，那些骨灰都怎么处理了？"我吓得一机灵："你没得绝症吧？"她说："我就是好奇。家属拿走做纪念的就那么点儿，剩下的都干吗了？做瓷器用？"估计常人还真不琢磨这种问题，自己都死了，还惦记骨灰干吗呢，听说过捐赠遗体和器官的，也没听捐赠骨灰啊。

大概因为心里无从解答的生命终极问题太多，有一天赵文雯给我发了个短信，说自己去深山老林里参加一个内观班，这个班特别火，必须提前一年到半年预约，据说她是憨皮赖脸地跟主办方申请，才被通知正好有一个名额空出来了，她可以立刻进山。而到那之后，要完全切断跟尘世的联系，上交手机电脑等能与外界联系的设备，禁语，不许说话，每天只能问一个问题，哪怕是问"厕所在哪儿"，今天的说话机会也算使用完了。

我立刻把电话打过去了，要求她必须把深山老林的具体地址和坐标在关机前发我，不让说话但必须每天把受的委屈记下来，埋在墙根儿或者树下，并做好记号。万一她被就此拐卖，我好有把握将她找回来重返文明世界。赵文雯嫌我想得多，说有很多人前仆后继地去，都对生命有了感悟。我问："你是还对自己死后骨灰怎么使用有疑惑吗？我马上去火葬场找个明白人给你问问……"我的话还没说完，人家挂了电话。

从赵文雯关机的那天起，我就开始担惊受怕，并且执著地每天都打她手机，这闺女还真绝，就不开机。当赵文雯荣归故里的时候，人明显瘦了，话也不多，偶尔笑笑，轻轻的，这状态真让我受不了。问她魔窟生活，她又笑笑，简单说："老师是个老外。不让说话就是不让出声音，用大量的时间每天在自己屋里观察自己，所谓内观，就是查看每时每刻打心里涌上来的念头，你就能知道，自己心里是多么嘈杂。"我点点头，在她脑袋上也划拉了一把："打你问骨灰怎么处理，我就看出你的心绪了，这还用外国大师说？"

我问她吃得好吗，话一出口就后悔了，二话都不让说的地方能给吃啥啊。赵文雯说："清汤、青菜、面条。一天只吃两顿。为了让内心寡淡。"我大加惊叹，声音扬高十倍："那你参加这学习班花了多少钱啊？"我心里的标准答案也就农家院水平，但赵文雯说："两万。"多少？！我的声音都快炸了。赵文雯笑笑："老师们说随意。但我看其他人都十万五万的，我就刷了两万。"

我开始像狼一样在屋里转圈儿，眼睛死死盯着赵文雯："你是钱多得必须散尽家财是吧？那你散我这啊！我们家，还提供空调服务呢。给你一屋，你自己内观去吧，你不说话我们就当屋中没人。你随便住，不用两万，你给两千就行。"

我不知道赵文雯跋山涉水这一趟到底对内心有什么改变，她十天的内功，让我用两天就给破了，重返尘世。吃香的喝辣的，看电影跟以前同学聚会。心境的改变不需要仪式，我们更不需要所谓的大师，如果不说话就能看清楚内心，那我们不如都去做聋哑人。我倒觉得，面对生活，当你能一直用快乐的态度去面对，这何尝不是一种勇敢？

别用文艺骗人了

赵文雯认为我这样的人远走高飞一定得选有文化品质且能找到一帮一伙聊天对象的地方，所以在我一个劲儿强调四星酒店后，她还是发了个热情洋溢的短信告诉我住的地方已订好。当我扛着登山包打出租车上下来，青年旅社的名字在小超市和手撕饼的招牌下显露了，倍儿文艺。

办理入住登记，被告知因为是旅游旺季已经涨价，并要求先付讫全款，如果提前退房概不退款。坐在柜台里面的服务员满脸青春痘，不过青春痘并不红肿也没化脓，风景独好地长着，他要是躺下，整个脸就跟块坟地似的。大概是我把他给看毛了，又问了一句："您住不住？"我住！当即拍了几张大票在柜台上。这时候，伙计跑过来跟青春痘说我订的房间没了，只能住太空舱。一问价格，一样。我很好奇太空舱是什么东西，让伙计带我去看了一趟，其实就是塑料盒子似的上下铺，也就是传说中的胶囊公寓。

这些塑料胶囊被两两落在一个狭长的通道里，小伙计很有爱心，悄声跟我说："姐姐，这里空调坏了，要热您自己扇扇子。"我一头扎进我的太空舱，这名字起得真恰如其分，坐着都得猫腰，几乎进去就得躺着。那么小的空间倒是够一个人翻身的，里面有灯有电视，还有挺大一面镜子。每次都会吓我一跳，感觉旁边还晃荡着个人。

赵文雯无比羡慕地跟我扫听什么是太空舱，让发张胶囊公寓的图给她，我拍了我自己的住处又去楼道里拍了一些没人的舱位。她惊呼："哎呀，这不就是棺材吗！老外那边的棺材都这样，里面铺着白褥子白单子，你穿戴整齐往里一躺，最后还得关门。"经她这么一点化，我在里面都躺不住了。

入夜，一个急匆匆的脚步由远及近，挨个拍塑料盒子："九点，杀人了！都到一楼杀人！"直到盒子里的人都诈尸还魂般跟着她下了楼才消停。楼下地铺上坐了一片人，这得装多少箱啊。他们平均年龄二十多岁，来自祖国的四面八方。不集体玩杀人游戏就不能算青年旅社，大家特别听话地互相看着。我觉得跟他们年龄差距太大，起身要走，被一个姑娘劈手拉住，断喝一声："别走。不玩这个就得唱歌，否则不能上楼。"这不是耍流氓吗，我心想。可几十双眼睛直勾勾地看着我，如果我坐回原处就太怂了，所以我直接一屁股坐吧椅上了，抄起旁边的吉他说："唱首歌吧。"那口哨声、掌声和尖叫声啊，不亚于《中国好声音》。"两只老虎，两只老虎，跑得快，跑得快……"所有人脸上都露出了痴呆表情，也正是此时，我的演唱结束了。

没有空调，不通风，一个夏天的塑料盒子里你能想象里面有多热吗？我浑身那汗跟洗完澡没擦似的。刚扇啊扇啊歇歇胳膊，耳边嗡嗡声响起，那些个蚊子简直前仆后继奔我来了。我在塑料盒子里边爬边打蚊子，啪啪啪声音很响。

后来那些做游戏的人回来了，在塑料盒子里狂拍的动静此起彼伏，僵尸们都不干了。这里的夜晚是最丰富的。先是我旁边的盒子主人大声说梦话，她说第一句的时候我还以为是跟我说话呢，后来分析了她的语气及突然坐起来又突然躺倒等动作断定该女子是在梦游。她的上铺热得已经实在受不了了，整条大腿从盒子里耷拉出来，腿上的毛真不少，呼噜声很像扩音器。再往前，那对儿塑料盒子里的人大半夜谈心，而且是俩闺女守着一个掰开的完整的榴莲谈心，你劝我一口我劝你一口，到后半夜，俩人愣把一个消灭了，整条楼道那个味儿啊！

因为口渴，我摸黑下楼去接水。楼梯转角的角落里一女孩直挺挺地站着，手机屏幕亮着，正照着脸，跟个鬼似的，她也不说话，对着手机抽抽搭搭。夜里三点，盒子里的人都在各自忙碌。

转天带着我那一身蚊虫叮咬的红包把胶囊公寓退了，真不是人住的地方。后来我在很多杂志上又看到了那些黄色的温暖的塑料太空舱，旁边的文字很唯美，说这是一种生活方式。你们别再用文艺骗人了。

你就发不了财

回家的时候,发现门缝里别着一张纸条,还是手写体。跟揭大字报一样扯下来,开门进屋。喝水的时候那张纸正好在我眼皮底下,全是三位数,680、560,没发现低于 400 的数。定睛一看简直要气血贲张,那些数后面还跟着个"万"字,才知道原来房子都那么贵了。搁以前这些数字堆起来的钱怎么也得买个大别墅吧,接近呼啸山庄那规模,而现在这些钱也就买我们隔壁,他们家我去过,面积大得一点儿都不邪乎,普通的三室。

后来听说隔壁还有套房,也差不多大小,扬言卖七百万,我在心里冷笑,这些钱都能包养一个大商场了,谁会花那么多钱买个普通住宅啊?可是让我不明白的是,很快就有了买家,他们说了好多理由试图让户主便宜下来五万,我们隔壁一扭脸,说就这么多钱,你要不买就算了,我还留着升值呢。

我把这事跟赵文雯说了,并大声问她:"那些人的钱都是打天上掉下来的吗?说多少能变出多少。"赵文雯冷笑:"亏你还是学经济的呢。"

我确实学了几年经济,还做了几年财务,并且审计也干过,人五人六地倒背着手去企业查账。最令我自己都觉得不可思议的是，还在一个发行量很大的媒体混在若干特牛叉的中国经济专家里开过一年半的财经专栏。一切迹象都证明我还算是个有脑子的人，但最终事实为，我脑子是水做的。这就跟练了多年"画龙点睛"似的，我只会点睛，没龙的时候纸上全是麻点儿。

我们楼下一位大姨在楼道里给我培训了好一阵居家过日子如何生财有道，她以身作则买了很多金币硬币熊猫币，又炒股又买金条，弄得自己家跟美联储似的，为人还特别不低调，买点什么恨不能让全小区都知道，多招犯罪分子啊！我问她买这些东西干吗，她说："传辈儿！你说你不存点什么，以后子孙花什么？"大姨真高瞻远瞩。我说："那些考古学家从土里刨出来的破瓷片儿、烂罐子不都是普通生活用品吗？耗够了年头儿，都值钱了。"大姨的碎花灯笼裤都有点抖愣了。

我最不愿意看企业的财务分析报表，从那些貌似平衡的勾股关系里查找破绽，太费工夫，但在简单的复利计算面前，我脑子里简直就成了面鱼儿。我特别佩服那些上岁数的人，对每一家银行各种产品的利率了如指掌，就那么点儿钱一周能倒腾好几个来回。楼下的大姨每天定点去各家银行"上班"收集利率及理财产品信息，看有没有"合适的"，她要不是成天穿着碎花衣裤，又那么大岁数，估计所有银行都得以为她是去踩点儿的。后来听说，还有人居然考察出每天往银行存五十块钱，能赚到最高的利息，这账都怎么算出来的呢？

十几年前北京的同学们到了婚嫁年龄，那会儿买房时兴在网上抢房号，就跟如今在淘宝上秒杀类似，众人一窝蜂扑向一个东西，谁手快算谁的。作为当年的游戏达人，熟练地操纵电脑键盘是太容易的事，于是我拉了十几个人从凌晨四点开始守候，五点抢号系统开通，五分钟后大家互相通报，人手一号，毫无成就感。五点半大家都关了电脑睡回笼觉了。那年崇文门地铁旁的房子，八千元一平米。八千这个数字那么庞大，掂量掂量自己工资那点钱连贷款都不够还的。房号成了我们的心病。十几个人中只有一位女侠打算咬牙买房，于是，她一个人拿着一堆的购房号站在售楼处外。那种茫然就跟，举着一大把免费票一个人去剧院一样，不想直接进去把票全废了，又不想卖给票贩子，跟到这就是为卖富余票而不是看戏似的。

　　后来，这位女同学硬是在售楼处门口站了两天，把手里的房号都无偿发放给她看着顺眼又善良的男男女女，最后一位长得难看的大叔硬是塞给了她五千块钱买走了最后一张。当我们坐在饭馆里胡吃海塞糟蹋那五千块钱的时候，那地方的房价已经涨上去了，甚至一个购房号能卖到两万了。一群学经济的善男信女，个个眼神黯然。

　　最后的结局是，当年参与抢房号的同学们最后都纷纷退出了财经领域，三岁看到老，我们一生都在错失着发横财的机会。

在地铁里看戏

我每天的交通工具是地铁,所以,我常在"地底下"见到很多奇葩。

晚高峰,绝不能面冲车门的方向,因为任何一站,人潮涌动,而且均是激浪拍岸,善男信女抢着往你怀里撞。再瞧那些没有回身之地的人,车门没开就做好了防范措施,一个胳膊挡在胸口,以便推搡时用上劲儿。我永远都是缩在最角上的一个,没东西在后背挡着我怕自己被挤下去。地铁是个能让人长个的地方,只要一进去,我下意识地把脖子往上抻,试图呼吸一下一米六五以上的空气,还真是挺稀薄的。

运气好的时候,还能有座。那天我好不容易坐住了,人潮涌来一位虎背熊腰面堂黝黑的大哥,他在我面前拿手做了一个扒拉的动作说:"姐姐,给让让。"我低头一看,我跟另一个女的中间只有一道缝啊。可说时迟那时快,那大哥已经转身了,并且大屁股就像黑压压一片云已经压了过来,我们跟旁边的女的几乎从椅子里跳了起来,各自迅速往旁边挤,生生给挪出了个屁大点地方,如果你身体前倾也许还能坐,但这哥们使劲往后靠。座位两边跟吹了紧急集合号似的,急速收紧队伍,还真

囍欢

◆ 给你一支长长的桨,划过旅途短短的浪,我看见沉在桨里的水波,推着我们的小船在沧海之上。人生原来可以,地久天长。

囍。欢

♦ 孤独在外面徘徊，我不让它进来。喜悦很轻，风一吹就出现了，喜悦很简单，在路边，在停下的所有缝隙里。安静地看一看，幸福是伸手可以触到的温度。

就给他让出了一个可以保持四脚八叉坐姿的地方。

最妙的是，这粗鲁男居然还带着自己的小女友，俩人从面相上看能差出二十岁，女的又瘦又小却面对着他站着，特别无怨无悔，满脸洋溢着二百五的骄傲。俩人估计是在热恋，那粗鲁男打坐住，就握着女友的手。那么多人挤来挤去，他俩的队形居然还能保持不变，那握手的姿势如同接受上级领导视察般严肃。

女的娇滴滴地问："你嫩么（怎么）不找我去呢？"五大三粗的男的说："找你？来回来去的，光扯（车）票就得散（三）块八，再吃，太泥妈妈贵。我诶，一天顿饭才花旗（七）块！"那满嘴的牙周炎味儿，随着他说话我都快背过气去了，要不是人都苍严实了我宁愿下去再等一趟。那男的有一肚子的话要在地铁里说："我宗（中）午去食堂，就剩两盘菜，解趟馊（手）的工夫，菜就剩一盘了。我就问他们，我泥妈妈木须又（肉）呢？你猜他泥妈妈喀（说）嘛？说，别人吃错了，换酱爆圆白菜吧。我泥妈妈大宗（中）午都妹（没）吃饱。"停顿那会儿，女友用擦桌子的动作爱抚他油渍麻花的头顶。我实在受不了，车一停就大呼："麻烦让一下。"冲出重围下车了，我实在怕我活活憋死在车里。

下一趟车。我面前的女子有宽阔的胸怀和坚实的臂膀，能露的都露着。她用祖玛来陶冶自己的情操，撞球声也不说给静音，咣当咣当特别清脆。她吸引我注意的是她的胸罩带，因为肩膀处裸露，脏了吧唧的土色胸罩带打宽阔的胸怀里延伸出来，居然在脖子后面打了个交叉十字。这东西，用五花大绑那么穿吗？是不是……系错地儿了……

忽然上来四个穿着校服的中学生，我最怕在车里遇见学生。因为但凡上来的是一拨人，那疯劲儿你都拦不住，尤其女孩。几个人守住门口，只要一到站，两个男孩就扭在一处，一个把另一个往外推，继而再往回拽。拉扯中，女生在一旁的尖声附和鼓励了这种行为的持续。直到那男孩把塑料水杯在拉扯中掉到了地铁轨道的缝隙里，同时又喊着："我手机呢，也掉下去了！"这句话让旁边的女生鼓掌嬉笑，而拉扯的力度丝毫没减小。我深深记住了校服上的学校名称。这样的小时代，太华丽丽的了。很多下去的人扭头愤怒地吼："你们有病啊！"几位同学挤眉弄眼地嘻嘻哈哈。

推着小车的大叔上来了，打着竹板儿，他白大褂的后背处醒目地写着一行广告语："蟑螂不死，我死！"多有气魄的人生观。地铁里的人生百态很集中，我每天乐此不疲地观察着，这里不就是个剧场吗？

我不想当人了

同样是养宠物的人，养猫养狗和养鸟养鱼的人截然不同。尤其养狗的人，他们把太多的爱倾注在宠物身上，当然了，理论上似乎这是对的，因为你得对宠物负责。前几天，一个朋友说她家的狗又生小狗了，新下的八只狗加上以前的三只大狗，家里已经有十一条狗了。大概她向我汇报这个数字的时候是充满喜悦的，可我没听出来，直接就说："那么多狗家里得多脏啊！你赶紧送人吧。"这句话就像火星子，一下点燃了炸弹，在数秒停顿之后，对方尖声质问："狗怎么了？狗怎么就脏了？生了孩子怎么能送人呢，你能眼睁睁看着别人把你孩子送人吗？"反正一堆又一堆的话，还没容我反应，她就气愤地挂了电话。这算"产后抑郁"吗？

某日经过一个摄影店，临街大灯箱很亮，我就扭头看了一眼上面的照片。一片青草地上，一个小矮个儿跟个鬼似的，满脸头发，定睛一看原来是条京巴犬，爪子上还拴着三个粉红色气球。一堆毛在踏青。我良久地站在大橱窗前，合着是给宠物拍个人写真的摄影店啊！

宠物之所以叫宠物，突出的是一个"宠"字。在一个情感类节目看见一男的,不工作,吃老本,每天就一件事儿,照顾家里二十多条流浪狗,吃饭的时候,必须人和狗一起围拢在桌旁吃同样的饭菜,在同一个容器里,否则就是对那些生命的不尊重。这人心眼儿再好,女朋友也受不了啊,她说自打跟他搞对象,只要到他家,就没吃过一次全熟的肉,回回都吃三分熟的牛扒。客随主便,都得依着狗。女的要分手,男的不挽留,他的理由是,人可以再找一个爱人,但狗只有这一个家。

韩国人写了本《亲爱的,你在想什么呢?》,是动物心理咨询师教你怎么和宠物谈心的。几乎是写狗对人生活的积极影响,告诉人类要好好对待他们,他们也有爱的需求。我不知道"宠物"在成为宠物以前就有这些情感需求,还是成为"宠物"以后需要人类更多的宠爱。大概因为有那句话:"当我遇见更多的人时候,我发现我越来越喜欢狗了。"人对狗倾注的情感已经足够多了。一个同事把自己养的狗放在了父母家,老两口几乎像离不开孙子一样爱着这个小东西,夏天家里停电,俩人愣是拿席子躺在狗的两侧,倒班给狗扇扇子,怕狗热着。这简直就是人间大爱啊!

经常在小区外遇见带狗美容归来的两口子,一张像模像样的狗脸打副驾驶玻璃窗那探出来,这日子过得!看得我都不想当人了。

我大致翻了翻那本书,本以为一些人类过分的宠爱会让动物觉得不适应，但书里说的几乎全是如何用爱让宠物融入家庭生活的方法，比如拿什么样的香波给狗洗澡等等。其实，不用看书，现代人做得已经很到位了。

  我依然无法忍受有人把一盆残渣剩饭直接倒在路边上等待流浪猫来吃，我依然无法忍受养狗的人任狗瞎跑随处大小便而不管，我依然无法忍受坐路边给狗梳毛的人，把狗脱落的毛随手一扬……在你打算看养宠物之前，我想说，亲爱的，你能先担负起当人的责任吗？

那一场呼风唤雨的国考

雾霾天儿,全国有新闻记者证的人集体大考的日子。

话说这东西在抽屉里放了很多很多年,照片跟我长相都不一样了。在这么多年中,我采访使用过记者证吗?答案是"从来没有",名片使了许多盒,但记忆里只用记者证免过一次景点门票,省了二十块钱。这是我职业生涯中,唯一一次动用记者证的印象。

对于考试,每一个人都用一副过来人的吊儿郎当的语气说:"这考试,绝对都得让过。""看两眼就得了,板儿过!"可是当考试临近,忽然打异地传来那里考场森严的消息,我的同行们说:"我们这儿,每个教室除了监考老师还配备两名武警。你们别想侥幸,赶紧背题吧。"这频繁传来的消息让我们的内心拔凉拔凉的。

考试前一天,我们大吃了一顿,我忽然想起没带准考证,大晚上又回报社取。而其他同志们头悬梁锥刺股,点灯鏖战,背书、做题库。搁平时,我到十二点不睡也不会困,可考试前这一夜,刚九点半就眼皮快粘一块儿了。我开始是坐着看书,后来半躺,再后来全躺。隐约听见土土告状:"妈妈说她四十道题里，起码能错二十五道，怎么她就睡觉了呢？"我再醒已经是早晨五点了。

爬起来继续看那些如魔咒般的多选题。随手刷了一下微信，朋友圈一直在跳新信息，我的俩同事，居然这点出现在办公室，已经做了二十分钟机考题了。这是什么精神，这是要神经啊！

为了看点儿，我在手腕子上还戴了块大手表！

我呼叫嘀嘀打车，死活显示我所在地区不明确，直到我都站红绿灯底下了还说不明确呢。随手拦了辆车，司机看我端本书哗啦哗啦翻问："你们考这个是为涨钱吗？"我把书直接翻到《中国社会主义》那一章，使劲摇头。

在考场楼下，遇见陈完美，她闷头还在车里背呢，说昨天都没睡觉，考研都没这么费劲。我在副驾驶坐定，她说："我不跟你说话，我再念会儿。"我自觉无趣，就告她，那我先进考场了。

陈完美大概觉得不合适，她本打算念到九点一刻禁止考生入场。见我走，就说："那我跟你上去念吧。"到楼上，我才觉得自己把陈完美害了。

我们提前二十分钟到教室，监考人要求把书包存放手机关机，我的座位在第一排的墙角，桌子就是一块板，连书箱都没有。干瞪眼坐了二十分钟，脑子里已经嘛都没了。

填姓名，我习惯了写笔名，幸亏还有填身份证这项，吓得我汗毛都竖起来了，我把自己叫什么都给忘了。

我还有一个同事，非在考试前一星期把身份证改了，因为算命先生说她的原名大凶。为了证明大凶和大吉是一个人，她不仅带了临时身份证，还带了户口本和出生证。一把交给监考老师。老师说："你给我户口本干吗，考试不用这个。"我同事说："您准得要。"最后还真挨个查了一遍。

大概认识的人不能分在一个考场，所以我们都是单打独斗举目无亲。一位上岁数的老大姐，卷子一来，就把一张小条摆在桌子上照着答。监考默默走来，拿手在桌子上一抹，小条到了他手，暗自离去。大姐很淡定，又打身上抓出一张小条摆在同样位置。这一切是那么悄无声息，像黑社会接头。

我一同事说，他很为自己只能瞎胡蒙而惭愧，随便往旁边看了一眼。居然发现，旁边的男人在只有对错（AB）选择的题上涂黑了很多C。他开始笑，立刻把自己嘛都不会这事儿给忘了。

我一同事因怀孕已经歇了很长时间了，只能静卧。为了记者证，她来了！她一进考场，就把一大塑料盒小西红柿摆桌上了，并告诉监考老师，必须边做题边吃西红柿，否则就得吐一地。老师看着她的防辐射服，肯定地说："你多吃点！"大概生怕她直接躺地上碰瓷儿。

出考场，大家纷纷打着哈欠走出校门。有人回去睡觉，有人回去上班。我则拎着八套煎饼果子晃晃荡荡地到报社和小伙伴们一起堵嘴,以安抚我们这么大岁数还得点灯熬夜地背《中国社会主义》的脆弱神经。

告诉黑暗，风景的模样

我的车限号，所以第一次用了嘀嘀打车。第一次享受了有出租车在小区外等的沾沾自喜，第一次有了占上五块钱打车补贴便宜的成就感。我的成就感，就值五块！

大概全国人民都对中国首位女盲人调律师陈燕和她的导盲犬珍妮很熟悉，因为她们常常"上电视"，可对于几乎不看电视的我来说，她们只是一条特别听话的狗和她的主人，而已。

有一天，在我的微博私信里跳出来一行字，陈燕问我哪里能找到我的作品的有声书，因为是盲人，所以只能听。这句话一下就刺进了我的心里。我有一个心结。

最早出版《把日子过成段子》之后，有位盲文出版社的编辑发来邮件，问能不能把我的书做成盲文版，因为很多盲人喜欢。当时我觉得社会上哪会有几个盲人，因为我在生活里从来没遇见过。后来，在我还没给编辑答复的时候，还在犹豫不给钱到底出不出的时候，编辑跳槽到其他地方了。这事也就忘了。

直到有一次在北京参加中国盲文图书馆的活动，那么多先天失明的孩子用他们的天籁之音在台上朗诵诗歌，弹琴唱歌，我的眼泪哗哗地止不住了，因为我开始怨恨自己当年为什么就没及时答应公益出盲文版呢?

陈燕说，我能帮你了去心结，联系盲文出版社。

缘分就像块面肥，软塌塌的东西揣面里就能蒸出喧腾的大馒头。

我跟陈燕坐一起，仿佛有心知肚明的熟悉，再看珍妮，作为一名工作着的淑女，打小受过严格的贵族教育，除了主人不许跟任何人亲近。可这漂亮闺女见了我，一屁股坐我面前，一会儿又要求上沙发，估计她心里想，都是闺蜜，为嘛就让我在地下？这个有外国名儿的闺女忽然就把她的大脑袋放我腿上了，眨巴眨巴眼睛，然后打起了呼噜。陈燕说，她天天听你的书，喜欢你，珍妮从来不跟别人这样，连在家都不这样。这证明你是个好人，导盲犬很灵敏，知道谁善良。

说得我呀，更爱珍妮这闺女了。

在我眼里，陈燕只是好朋友，没有光环，也不需要光环，更可以忽略她是盲人这点，因为她的心比很多健全人更明朗。

每次有朋友来，我都喜欢把她们带到古文化街，那有许多便宜又好的笔墨纸砚，还有个地方有六百多年前保存完好的石刻，以及写满至今无人懂得的"鸟文"。

带着珍妮逛古文化街，心里倍儿嘀咕，主要不知道狗能领悟啥，给她讲天津建卫的历史也听不懂啊。可陈燕非说珍妮能听懂。

在文化街入口处，我刚说："这就是津门故里，古文化街……"话还没完呢，珍妮拉着陈燕面对我，"津门故里"四个大字就在她们的头顶上方。再看这俩，陈燕目视远方，珍妮立在一边，纹丝不动。我猛然警醒，这是要让我照相的意思啊！太职业了。

我正咔嚓，四面八方的声音："你是上电视那个狗吗？"看人问的这句。

"我在湖南卫视见过你。"

"你上过中央台。"

然后就是有线电视机顶盒频道介绍了。我冲陈燕说："你怎么这么有名啊？"心里还有另一句，要早知道还得被围观，我就不带你来这种地方了。

一路都是围观群众啊！一路都是掏出手机给珍妮照相的啊！

有人拦住去路问："这狗以前不是黄的吗？"陈燕脑子都不走就说："我给染成黑的了。"对方惊讶："居然不掉色啊！"

你们是要拍染发剂广告么，有问有答那么不着调。

无论什么摊儿，陈燕都要把玩一下那些小玩意，她蹲在一个卖小葫芦的摊儿上，然后拿起一个给珍妮闻，问："喜欢吗？"珍妮一扭头没搭理她。拿人家当女人好不好，就算长得黑也不是老大爷啊！谁玩那个！

围观,真可怕。因为珍妮穿着工作服,所以人民群众认为这闺女可信任,尤其那些身边有男友的美女们,特别想在男友的眼前表现一下自己与自然的亲和力,不但蹲在珍妮身边动手动脚,其中一个还把手往人家嘴里放,看看会不会真咬。

我当时就惊了,这美女是打乡镇马戏团出来的吧,大概是把脑袋往大老虎嘴里送惯了,什么都不怕的主儿。我赶紧上去阻拦,说导盲犬在工作,不要打扰它。珍妮忽闪着大眼睛,把头扭到另一边。

人家是工作犬啊!公务员要执勤,你敢又胡噜人家脑袋又拍人家嘴巴子吗?

接着走吧。陈燕想喝传说中的茶汤。

刚站住,珍妮耳朵呼啦就竖了一下,很警觉。因为怕总被围观,陈燕把珍妮的工作服脱了,告诉她你现在可以下班了。拉布拉多犬生性好动的劲头一下就出来了。她看见了自己喜欢的玩具,一只被遥控的塑料鸟。

珍妮拽着陈燕就去找鸟,我在茶汤这喊,陈燕扭头对我说:"珍妮让我给她买鸟。"我不知道那俩女人是怎么对话的,但她们确实心有灵犀有自己的语言。我坚决认为孩子不能惯着,一只狗,要塑料鸟干吗使,你会用遥控器吗?

可是人的态度,让珍妮很不满意。我们先是要求卖塑料鸟的小伙不要再招摇了,然后端着茶汤赶紧离开,我还拿身子挡着珍妮回头的视线。直到把珍妮拉到亲水平台，已经离卖鸟的很远了，还隔着马路。

可这闺女死心眼儿地认定那能飞的塑料鸟是她的玩具，等我们照够了相，她还是拉着陈燕往回走。陈燕说："那小伙还在玩鸟呢。"我说你怎么知道的，咱离老远呢。她晃晃绳子："珍妮知道。"走了五分钟，我看见那小伙还真在玩呢。

没穿工作服的女人暴脾气上来了，直接往前冲，陈燕也不知道怎么想的，干脆把绳索从珍妮脖子上卸下，让她自己去。我都害怕了，看到大黑狗箭一样冲出去，那小伙吓得掉头就跑，还一边喊："怎么狗又回来了，你们不是走了吗？"他也不管鸟了。

广场上的人瞬间散开，一个人尖利的声音喊："套上它！套上它！"一瞬间，珍妮就把鸟够下来，头一甩，已经稀巴烂了。

珍妮骄傲地坐在地上，安静了。陈燕说："她在埋怨我不给她买，生气了，所以把鸟撕了。"我们俩面面相觑，交了塑料鸟的钱。那小伙怯生生地问："你们不会再回来了吧？"

再次穿上工作服的疯闺女，文静得让人心生爱意，她带着陈燕进了卖宣纸毛笔的店。

有台阶的时候她会放慢脚步，过马路的时候她会先左看右看，好孩子的样子又回来了。

陈燕一时兴起，在海河边画狗，我拿着那张大白纸，感觉跟寻人启事似的，特想找根柱子给贴上。

希望有更多人在公共场合接纳导盲犬，同时希望大家不要随意抚摸和逗弄工作犬。他们是盲人的眼睛，他们在告诉黑暗，风景的模样。路遇导盲犬请"四不、一问"——不抚摸、不呼唤、不喂食、不拒绝，并询问盲人是否需要帮助。

你可以做到吗？

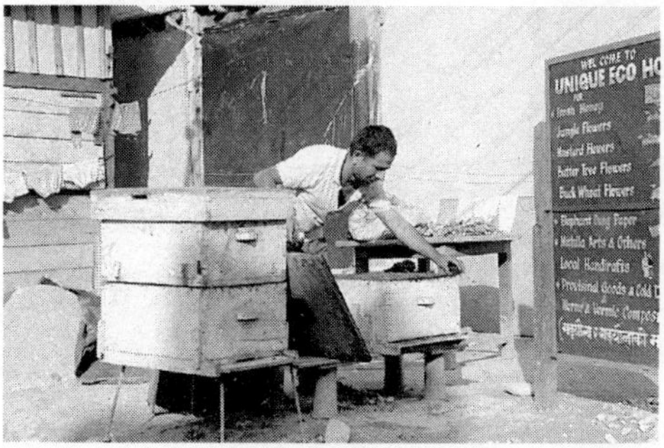

❖ 看看别人的地盘里有啥

- 我的记性一点都不好,因为别人一问我"你去过哪儿",我就开始瞠目结舌,说不上来。因为去的地方多了,似乎都混了,你会发现其实记忆里存储的那些美景都差不多。就像幸福的原因大致类似,美景也很笼统。A地有的蓝天,B地也有,C地能一览众山小,D地也能。那干吗要被旅行和各种攻略忽悠动身呢?

- 其中,各有原委。

出发，就是一不走脑子的事

对于一个心比天高，却要坐班的人而言，"旅行"真是个奢侈的词。尤其在越来越多的旅行书把单纯的玩儿，上升到追求人生意义的新高度，出去走一趟跟挂职锻炼似的，好像回来就能达到实质性的升华。

尤其像"在路上，遇见真实的自己"这种话，看多了，特别容易信以为真，让你对自己不断产生怀疑，直到你断然买了去某处的来回机票，心才踏实，觉得这回可算能到一个谁都不认识的地方来认识自己了。这种状态，我觉得用盲人摸象或者掩耳盗铃等词来形容均不为过。

我身边有很多职业东游西逛的人，他们或者是卖户外用品的，或者是做旅游产业的，还真没见谁脑子进水像很多书里鼓吹的"辞职去旅行"。可这世界上，真的有人能把旅游购物这种事活成人生重新打鼓另开张的序言，并写成书，告诉大家自己如何蜕变的。在一段长得没边儿的假期，靠游山玩水忘掉一段感情，或者开始一段人生。

当然，更多的人没有那么重的心思，他们只想投奔远方，想让自己的微博或微信的内容更丰富多彩，他们写成生动的游记，拍了好看而抒情的照片放在"旅游锦囊"里与大家分享。说实话，我就是这些锦囊的热衷读者，因为那些边走边说的形式是那么生机勃勃，每一张图片都表现得特别美好，该虚化的地方虚化，该写实的地方写实，色彩分明，张张上边都有英文水印儿，显得特别那么回事，特别明信片化。

  我不太容易受文字的蛊惑，熟知文字容易渲染，无中生有简直就是家常便饭，并且文字总是因人而异，个人色彩太重。相比之下我更喜欢通过照片来认识一个地方，花草、人文、街拍，景象在那儿，美也就显得瓷实。

  我特别不明白的一点是，我就是寻着前人的足迹走的，严格按照攻略执行，吃住游无一例外，可是怎么我所到之处的感受非跟那一本又一本唯美而抒情的旅游书不一样呢？同一个地方，甚至连拍的照片颜色都不一样。为此我专门请一位拍了多半辈子照片的职业摄影师给我教授单反相机如何使用，我问他："为什么书上的照片比我照得好看，甚至比我看见的景色还好看？"他说："制图软件你会使吗？现在哪张照片没经过后期制作啊！"我盯着那些蓝天绿水，自言自语："照片凭什么不实话实说呢？"摄影师拍了拍桌子，显得挺不乐意："你还知道照完自己，得使美图秀秀弄一大白脸，再把褶子雀斑什么的蹭下去，然后才往微博上发呢，人家怎么就不能让天变蓝，让水变绿，让旧貌换新颜呢？"我跟他没仇啊！

以至于很长一段时间，再看见美丽的风景照片，我都恨恨地想，这人用的什么牌子相机，ISO多少，快门速度，光圈大小等等。

我很佩服那些写旅行书的人，去一个地方待个十天半个月，居然能攒一本书。有一天，我特别搜肠刮肚地想了想我近期去的几个地方，居然都忘得差不多了，要不是当时还照过点照片，我甚至都忘了自己也"在路上"过。这一看不要紧，我原来觉得自己骨子里挺文艺的，照片的文件夹却非常明确地指出我是一个极其庸俗的人，瞧我扎堆儿去过的那些地方：香港、普吉岛、三亚、丽江、拉萨、杭州、鼓浪屿……不能再写了，个个都是旅游地，马上能让人联想到打着的小旗儿和小红帽黄坎肩什么的。其实，我没跟旅行社，全是自由行来着。那为什么自由行还非去这些小资到让人觉得都俗气的地方呢，我只能说，我是个随大溜的人，哪人多我喜欢去哪儿，我就是跟着那些旅游书和"锦囊"出发的。还有一点，也是让"在路上"一族非常看不起的，就是我到哪都喜欢购物，要不买点儿便宜的零七八碎我觉得对不起飞机票。

我至今耳畔还如雷霆般回响着一个朋友的话："别人到西藏都是接受灵魂洗礼来的，你简直就是来抢购的，连白酒你都挨样买，要没你那么疯狂，我行李都不会超重。"其实，我想说的是，我的灵魂受完洗礼，就更有购物欲了。

我开始特别纳闷，为什么我的同事一出国就要奔走各个部门开收入证明，怎么我去哪儿都是揣着护照直接走了呢？后来我的同事说："我们去的都是资本主义国家，都发达。你去的地方都太落后，巴不得你去扶贫呢。"我其实是受不了旅个游，非得让别的国家把自己审查得底儿掉，太屈辱了，我打小尽管有无数卖冰棍卖猪肉修自行车的理想，也不会有去异国他乡当黑户的理想。

因为我这个毛病，至今还没敢去欧洲那些人民币特不值钱的国家，我怕我勒不住自己，在异国他乡散尽家财。我还是先游走于国内和东南亚一带体会"在路上"的自己吧，好歹也算支援家乡建设了。

很多人喜欢旅行，骨子里文艺又小资，我很喜欢他们的调调，仿佛再次听见侃侃的那首丽江之歌《嘀嗒》，石板路、小雨、开着的花、姑娘、白衣裙、美食、音乐、偶遇等等光明磊落的标签全能掷地有声地贴上，当然，一夜情那些下三滥的东西不能有，因为这样"在路上"就不纯洁了，艳遇没那么随随便便发生，随随便便的人都在夜店待着呢。

我跟热爱旅途的人还真不一样，回忆每次在路上的动机，不是因为机票突然打折，就是因为别人一句"现在走便宜"，还有一次是一个朋友失恋，她大半夜突然心血来潮地把我的机票也买好了，然后说："你要不想糟蹋钱就飞一趟。"我意识到过这村就没这店儿了,立马收拾行装。很多无计划的甚至是突如其来的随大溜,让我去了一些"旅游胜地"。

说实话,虽然出发比较突兀,但自从知道要出发还是在网上东查西找尽量做到对要去的地方知己知彼,并且满怀期待。可是,我要说的是,怎么我的感受往往跟所有旅游书上写的不一样呢?我不是要吐槽,我想一定是我自己的问题,因为我有一颗既不文艺更不小资的心,这颗心充满人间烟火,到哪儿都试图"宾至如归"。

后面是一些私人旅行笔记。准确地说,是把已经忘得差不多的途中感受再回忆出来。这样的努力其实挺费劲的,就像把时过境迁的干海带泡在水里,等它终于展开身躯冒出绿色,谁知道它能不能恢复成在海里的模样,复原成如此已经不错了。

我现在就抱着我那一摞又一摞干得沾了一层白碱的海带在你面前,电脑里的没有 PS 过的照片就是那盆温水,看看海带能发到什么地步吧。其实,我也挺好奇的。

我也北漂过

初见北京，五岁。我爸我妈说要带我和弟弟去天安门。天安门，在我脑海里是又遥远又神圣的地方，当时只在我爸的黑皮包上和硬币上见过，我为我即将成为一个去看过天安门的人而激动得睡不着觉。一大早就去火车站坐绿皮火车了。

但不知道为什么我至今还是对天安门没印象。我爸我妈特意请了两天假，拉扯着一双儿女在北京的街头闲逛，第一天去哪了我根本没记住，就是走啊走啊。直到天黑也没找到住的地方，招待所全满，连晚上十点后可以住宿的澡堂子女部都没有富余的床位，当时我爸特别赞叹地对全家说："看了吗！这就是北京！"最后他们决定，我爸带我弟住澡堂子，因为那只有男床位。我和我妈回火车站。

黑压压的车站。我妈先把我安顿在椅子里，在我睡得迷迷糊糊的时候有人赶，我妈拽着我，背着包走到车站外面，在横躺竖卧的人腿人身子中间扒拉开一块地方，地上铺了雨衣又垫了些衣服，让我继续睡。在我又睡得迷迷糊糊的时候，又被我妈揪起来，说警察赶了，这也不能待。我们只好继续走，走到了王府井，在一个路灯底下，我妈铺好雨衣，垫上衣服让我继续睡。那会儿特别感慨人家北京的大马路上没有马车，居然还有小轿车开来开去。当时天津路上除了自行车、马车就是大卡车，一点儿也不时髦。路灯很亮，当时我就特别幸福地跟我妈说："北京的路真宽，灯真亮。"我心里盼着天亮，因为天亮，就能去找爸爸和弟弟了，就能去看天安门了。天亮的时候，我发现我妈依然保持着坐的姿势。

到他们住的浴池，外面有几个小孩在玩，我妈让其中一个男孩去男部喊我爸的名字，不一会儿，我弟就飞奔出来了，告诉我，他昨天晚上还洗了个澡。能在北京的浴池，拿喷头洗澡，太洋气了，我由衷地仰慕，恨恨地想，为什么我不是个男孩，要不也能睡浴池了。

跟着父母去了故宫。我到现在也不太明白，是不是到故宫就到天安门了。反正，家长一直在强调故宫多好多好，让我们内心也升起无比的敬仰。可是，故宫太大了，大到没看几个屋子，我们就走丢了。我妈带着我，到处找我爸和我弟，急得什么都看不下去了。几个小时以后，听见故宫的大喇叭里喊着我和我妈的名字，一遍一遍重复，说故宫门口有人等。我和我妈这才踏实，就急匆匆往外走，边走边听故宫里叫着我的名字，我跟我妈还挺骄傲的，挺着胸脯。我妈还嫌我走得慢，其实我是想多听几遍自己的名字，皇上喊大臣似的。

后来果真在故宫门口看见了失散的亲人，我弟说他们把故宫都遛遍了。我又开始羡慕了，因为为了找他们，我们几乎就没看什么景点儿，光找人了。

五岁时的北京，路宽灯亮故宫大。

刚工作的时候和同事白花花进京培训。很体面，是坐着专门送我们的面包车进城的，我们一路上都在闲扯，来掩饰即将进北京的兴奋和忐忑。自打两边楼多了起来，我们谁都不说话了，各把着一个车窗，鼻子顶着玻璃，那个看啊，眼睛都不够用的。至今记忆犹新，白花花突然发出了一句由衷的感叹："呀——那么多的高楼！"隔了一会儿，再次感叹："还有好多桥！"并拿短粗手指头敲窗玻璃："北青报就在那桥旁边。"当时北青报、中青报，在我们这些即将入行人的心里就是个大金盘子，特别神圣。

我也不得不跟着赞叹："还真是！"

记得晚上中青报的朋友说，带你们去看看花花世界。我们就到了三里屯，站使馆外面往里看，还指着议论，一会儿就有武警过来查证件，幸亏我们身上带着为买便宜票准备的学生证。

酒吧街的霓虹灯让我们眼睛又不够用了。各酒吧男小二很敬业地往自己店里拉主顾儿，中青报的朋友走在最前面，所以被一把薅住往里拽，她一边回头一边说："别拉我，我等朋友。"那男小二说："你等的朋友在酒吧里呢。"我们这些没见过世面的人都不敢往前走了。

好不容易找了个消停的地方。我们坐在露台上，为了往下看灯。点了啤酒和爆米花，倍儿洋气。结果上来了一份凉的，还撕开口的爆米花。中青报的姐们立刻就急了，把服务员叫来，记者证往桌上一拍，说："我们这一桌，都是记者！"最后人家一气给上了两份热乎的。

我一直低头，同事问我掉嘛了，我说："我找找地缝。"

记者证换爆米花，让我们吃得倍儿饱。为了让我们看尽世间繁华，后来，她还带我们去了男同志的酒吧，让我们的世界观都豁然开朗了。

我也北漂过，这算人生的小串场。我在《中华工商时报》当过一段时间的财经记者，后来，回到天津媒体但依然作为驻京记者，晃荡在北京。因为过于熟悉，所以没了感觉。那时候经常周末晚上泡在人艺小剧场，时不时看看画展艺术展什么的，过了一段非常文艺青年的时光。

而北京太拥挤，我始终也无法对它有亲切感。所以，我回到了天津，跟北京的朋友们换了一种耳鬓厮磨的方式。

拿盆挡哪儿

我脑子一热就订了去新疆的机票,因为喀纳斯那边的朋友盛情邀请。负责跟我联系的哥们非常仗义,每次打电话都一句话:"你就把心搁肚子里,都安排完了,有车在布尔津等你往山里拉。"说得我跟个货物似的,但具体地点、联系人、住宿则一概不说,但凡我一问对方就说:"别问了,问得越多代表你越不信任我们。"可他们越不说,我还真就越嘀咕。

我只好向勺子求助,因为她在乌鲁木齐。勺子坚决让我投奔她,说万一半道给丢了,她对不起网上的粉丝。我唰地在床单上铺开一张小学时期收藏的地图,看着脚尖上的中国,新疆还真大。本着脸可丢,人不可丢的原则,我决定先去找她。

我打通道出来,人堆儿里一个穿着橘黄色纱裙浑身蕾丝边、事业线若隐若现的贵妇人模样的人冲我摆着手,轻声低唤:"小柔。"帅气的专职司机、百十来万的豪车,哎哟,跟到了欧洲上流社会似的,要不是驴一样的我还扛着老大一个登山包,得立刻觉得这是要跟她去参加什么社交酒会了。

勺子的接机排场搞得很大,弄得我特别恬不知耻地想,做你们家门客真不错。因为要推掉已经安排好的行程,所以给邀请我的媒体朋友打了个电话，上来就毫无怜惜地咒自己，说一到新疆就病了，不能见人更不能去喀纳斯，弄得对方以为我快死了，非要见最后一面。勺子偶尔回头，满脸期待地想听我怎么给自己收场。

　　要不说得嘴下留德呢，报应很快就来了。第二天我就因为水土不服引起全身严重过敏，上半身开始红肿刺痒爆皮。要搁一般人看见门客这副模样早就惊了，但从勺子的眼神里半点异样都看不出来，她拎着一个连钱都装不了多少的小包说："我带你去一个景点——维吾尔自治区中医医院。咱挂专家号。"医院里到处都是古兰丹姆和哈密尔，我眼睛都不够用的了，很多帅哥长得跟贝克汉姆似的。因为皮肤上的水分已经没有了，所以要不停地往脸上浇水，不然裸露的部分会非常疼。在我目不转睛盯着一个男人看的时候，勺子总是适时用她喷花叶子的喷壶对准我的脸，扳机一扣，水都流脖子里了。

　　我就那么落魄地进了诊室。前面的人不是来自喀什就是来自克拉玛依，数我远。大夫让我进旁边的治疗室进行冰镇治疗，勺子说在外面等我。治疗室里很多床，问题是全都是开放式的，男男女女也没有帘。我又跑出去，问勺子怎么办。她说："给你举个例子啊！你家里很穷，穷得身上一片布条都没有了。这时候领导来慰问，而且已经推门进来了。屋里只有一个盆，你该怎么办？提示你一下，你打算拿盆挡哪儿？"我脑子转啊转啊，也不知道盆到底多大，挡上面露下面，挡下面露上面，正当我琢磨呢，喷壶在我脸上又浇了一遍水。勺子说："赶紧进去吧。记得拿盆挡脸就行，除了长得不一样，其他地方都一样。"勺子怎么跟哲学家似的！

　　因为床位紧张，我床旁边居然还站着一位少数民族老大爷。我一边弓腰给小护士作揖，一边跟她说："等我躺下你能马上把我脸盖上吗？"古兰丹姆狐疑地看我一眼，无动于衷地拍了拍床，急得我都快把英语想起来了。最后我把心一横，看看屋里没有微博控，开始脱衣服，当我迟疑地不知道最后一件脱还是不脱，古兰丹姆的手按在我的手上，那意思，就别都豁出去了。当我上半身整个被冰层覆盖，漂亮的小护士把我尚带体温的衣服扔在我脸上。真是亲人啊！

　　打医院出来，勺子带我继续吃香的喝辣的，让我一点不自卑，只要不照镜子我还觉得自己貌美如花，她随身带着喷壶，经常吃两口就往我这个钟楼怪人似的脸上喷喷。我的时间除了去医院把自己冻上，就是在酒店待着。每天勺子都挎着个小塑料筐跑过来蹭卫生间洗澡，仿佛他们家没热水。有时候还得边聊边洗，弄得我这个穿衣服的还挺不好意思，随手抓块布挡脸都成习惯了。

　　后来我问勺子，我都那样了，你怎么不害怕呢？她说："我哪知道你真那么没心没肺啊。我担心得都睡不着觉了，但怕在

你面前表现出来你更紧张，你人不像人鬼不像鬼的，我必须陪在你身边。"我留了一张自治区中医医院的就诊卡做纪念，一看见卡，就想起"拿盆挡哪儿"的典故，想起那个时不时就得往我脸上浇水的闺蜜。

从前有个地方

我为什么不去鼓浪屿？

我从来没想过要去厦门。这得从头倒起。

我的某一任男友是福建人，恋爱谈得一直很唯美，几乎把所有的相约黄昏后都用在丈量河堤有多长了。那会儿谈恋爱是件私密的、背着人的事，甚至充满了诗意。不像今天地铁里汽车上男男女女抱在一起亲在一块儿特别敞亮，拿得起放得下的劲儿跟职业演员赛的。当年尚处在豆蔻年华的我们每天在饭后消食的点儿相聚，然后围着海河的一骨碌从这头走到那头，又从那头走到这头。谈论的话题从朦胧诗时代到底能不能东山再起，到伟人最大的不幸是不是沦为后人的消费品，从尼采是不是神经病到共产主义打算实现的是不是已经被资本主义给实现完了等等议题，让我们爱情的花朵开得异常具有学术味道。

省略一大堆跟厦门无关的话之后，忽然有一天，这个男子忧伤地给我打了个电话，说工作被安置在厦门，而且待遇非常好，希望我能跟他一起奔赴那个城市发展。这个深具小说意味的电话让我内心极其不平静，然后我不知深浅地追问了一句："你的意思是咱去那边结婚吗？"要说人不能傻实在呢，我们

囍欢

♦ 喜欢走在路上的感觉,融入陌生的人群,孤独被一点点淹没。多希望,在每个仓促的路口,都有个身影,为此守候着。

囍。欢

◆ 在尼泊尔病倒,再次醒来的时候,屋外的椅子上摆着这样一束花。它是土土骑自行车到村子的田地里采的。我知道,易拉罐里盛开着的是一个生命对另一个生命的 热爱。

的感情基础完全建立在那些学术问题上,在还没讨论完世界最著名十大建筑流派时,就遇到了这种拔河论成败的问题。忧伤男子转天就出现在我面前,站在河边也不走了,一眼就能瞧出心情沉重,我都怕他再一头扎水里上不来。当然,事后证明我纯属想多了,一心想往水里扎的还真不是他,是我。

忧伤男子打衣服的内兜里掏啊掏啊,我扬着一副青春的表情贱贱地问:"你是要掏出心给我看吗?"他呼的一下打怀里揪出来个存折,塞进我手里:"这是我所有的存款,都给你。"然后他接着把手又塞回怀里接着掏,明显西服内口袋太深,我看他半个胳膊都进去了。我说:"这是分手费吗?有多少钱里面?"忧伤男子大惊,又把一张硬纸塞进我的手里,"你的机票。跟我一起走吧!以后我的钱都归你管。"

机票,天津——厦门。我对厦门一无所知,以我浅薄的地理知识分析,当时还以为是海南的一个城市。要说那会儿连结婚这俩字都没想过,更别说抛家舍业背井离乡地跟一个男人私奔了,我觉得那简直不遭雷劈就得千夫所指。我哆嗦着问:"你跟你们家人说过咱俩的事吗,就把我愣往家带?"忧伤男子忽然就更忧伤了,望着海河边一排自行车一字一顿地说:"家里希望我找个福建的姑娘,但我想,你跟我回去……"他羞愧难当断断续续,说尼采时候那点儿机灵劲全没了,而且大段的空白留给我去悟。

只怪当年年纪轻，话茬子也跟不上，尽管大脑一片空白，还是明白过来了，合着风花雪月就仅仅为风花雪月，纯属俩闲得腻味的青年男女聊天逗闷子打发时光呢。他战战兢兢地问："你能回家考虑一下吗？"我瞬间犹豫了一下到底跳不跳河，但认为以我的游泳水平，万一十分钟内没人施救估计就小命不保，于是眼含热泪拂袖而去，边走边恨恨地想，"小子，你就不能赶紧追过来吗？"估摸走出去一段路了，我一回头，那忧伤男子还在海河边戳着呢，站得像个解放军战士一样直。

到家我本打算号啕大哭一场，刚坐下就发现人家存折还在我兜里呢，合着我脑子一热，机票没要，却把存折给揣回来了。这事闹的，我成什么人了。折子里有三万块钱，我不禁在心中赞叹："小子，你真有钱啊！"

一直耗到机票上显示的那个时间，我送他去机场。一路无语，偶尔对视，欲言又止。他脸上的青春痘让他的青春显得硕果累累，我就这样"送战友，踏征程，默默无语两眼泪，耳边响起驼铃声……"谁都明白，这样的相送，就是为了再也不见。我还了存折，同时归还了一大段海河游的时光。随后的情节就很韩剧了，他一个人一步三回头地过了安检，然后把包扔在地上，从里面找出个本儿撕下一张纸，在上面写了几个字，然后示意我把脸贴过去看。落地玻璃这边，我毫无悬念地看见那张纸上面用中英文写着"我爱你"，我在煽情处又留下诸多行热泪，但忽然觉得饿了，转身去超市买包干脆面，听着牙齿嚼碎一切的动静，真爽！在我走出机场的时候，身边一个人的彩铃响了："想念你的笑，想念你的外套，想念你白色袜子，和身上的味道……"变态歌！

我当时在心里发了个誓，厦门那地方这辈子我也不去。

我跟一段青春往事就此别过。

我现在已经想不起来用多少时间让自己从感情的沼泽里爬出来，也许很快，也许很久，谁知道呢。那是生如夏花的年纪。我只记得，后来听他的同学无意中说起忧伤男子到厦门后很快就被家里人安排着相亲，几个月后便结了婚，真是快刀斩乱麻地将计就计了。当我又听说他跟老婆经常吵架，心里立刻就踏实了，一时兴起还主动跟在座的各位干了几杯。

我心里跟明镜似的：我们有的只是喜欢，何必夸张成爱。青春在酒里，我们各自有各自的宿命。散落在时光里的你我，谁最后还会再记得谁呢？

三年后的某个下午，我的电话响，我喂了一声，电话那边沉吟良久然后冒出一句：是小王吗？我是谁谁谁。依然是那种唇齿含混的南方普通话，但他居然叫我"小王"！这居高临下跟喊个实习会计的口吻真让我怒从胆边生，弄得我一时没找出好词儿回敬他。当年的忧伤男子在电话里说："厦门的鼓浪屿很美，你有空来吧，我带你转转。"我心里有个声音在大声喊：

"靠，我有病啊！这是玩哪出呢？"但我还是很客气地，甚至用柔情万种的声音说："谢谢你啊，等有空吧。"然后轻轻挂了电话，鬼使神差地去移动重新办了张卡，用了好几年的号码随手被我扔进了海河，海葬了吧，那些所有的分辨不清的感情。

这件事的直接收获是，我知道厦门在福建，且厦门有个岛叫鼓浪屿。但我多年来对这个地方毫无兴趣。

❖我为什么要去鼓浪屿

海枯石烂天地洪荒之后，我斗转星移地早已完成了人生中诸多件大事，当然，跟鼓浪屿记的仇也早就忘脖子后面去了。有个南昌的朋友为情所困，她觉得在一段感情里走得太累，不想走了，但对方马拉松正上瘾，憋足了劲儿想撞线。于是她想躲。

一有事便想着要逃避的人多少还是不成熟的，当然，就是这个不成熟的人突然有一天转给我一条短信，是航班信息。

天津——厦门，且机票已经买好。

我当时就记忆复苏。厦门到底是个什么地方，怎么回回都是别人买好机票生拉硬拽呢？南昌朋友打来电话说："一起去吧。休息一下。"然后时不时发给我一个链接，问"住这怎么样？"其实对于同行的伙伴而言，我实在不是一个好的陪同者，因为我对吃和住都没什么特别的要求,怎么着都行。但她似乎把全部精力都用在查攻略上了,发来风格各异的住所个个都是鲜花掩映,往那一躺简直就可以跟遗体告别了。但转念一想,多小资啊,人生后花园啊!每个角落都充满温馨,要是卡西莫多在,一定会流着哈喇子说:"美——"

出了机舱,温湿的热浪迎面扑来,像另一个人的呼吸。让我真不适应。

很多人等在接机口,目光交错,努力辨认。我匆匆拿着行李往外走,中国的机场大抵相似,抬眼就看见了肯德基。

因为我们是从各自城市出发,所以航班到达时间是不一样的。有半个小时的间隔,我说我在肯德基等她。哪承想,南方开始普降瓢泼大雨,她的航班迟迟不能起飞,而我已经在厦门的肯德基枯坐三个小时了。在这三个小时里,我执意要求她把预订的酒店地址给我,我先直接去。但那闺女忽然考虑起我的安全,非说我在熟悉的地方都不认路,在厦门说不清道不明地再给丢了,坚决不给地址。难能可贵地把我等同于老年痴呆症患者。后来我想,在酒店也是一个人看电视,还不如在肯德基看人来人往呢,于是又干耗两个小时。

深夜,这五个小时里,身边神出鬼没了许多人。我从他们的衣着打扮和面部表情上无法推测出这些人到底在肯德基里干吗呢。不焦灼,不期待,很有日本电视剧《深夜食堂》的意思。我旁边的女孩，一直在大声地随耳机念《新概念英语》，我被不规则的重音吓得心惊肉跳；前面一对儿情侣搂着在电脑里看电影，不知道演的什么，听动静像演到女人生孩子了，声嘶力竭的喊法是国产电视剧的标志，情侣抖着肩膀在笑；不远处还有一桌人，老少三代跟饿了小半年一样，吃完了一桌子又买来一桌子，一副吃自助餐的气魄；还有个男的始终在向一个地方愣神，我注意了他很久，看得我眼睛都酸了，他愣能不眨眼；有个女的在织毛衣，虽然是一月份，但厦门的气候如同春天，毛衣似乎没机会穿，但那女的好像天亮就得交活儿，手底下真麻利，我一抬头一个袖子织好了，再一抬头，半个身子织完了……

　　热！太热！我觉得我浑身直冒热气，七窍要生烟。乍一进来的人不会以为我是观音吧？正这么想着，从南昌飞来的朋友跑进屋了，她满头大汗，催我赶紧去排队打车，一点儿没有刚下飞机的从容劲儿，倒跟要赶飞机似的。我说："别急！"她问："你干吗？"我掏出手机对着她，咔嚓一下："拍一张，发微博。""有病！"她说。

　　路上司机说："厦门这四十年来几乎没在一月份下过这么大的雨。你们算赶上了。"可是，赶上大雨意味着什么呢，政府有奖励吗？

　　大雨中，车开进了一家商务酒店，非常严肃的大堂，横梁上还挂着欢迎某某组织莅临指导的红色横幅，那些花花草草呢？那些烛光摇曳呢？那些靡靡之音呢？那些人生后花园呢？全没了，我们踩着铺了一路的类似人民大会堂外面的地毯，跟着扛行李的服务员往前走，南昌朋友晃荡一下房门钥匙说："还行吧？五星级！"我忽然想起一个笑话，小明去买早点，问售货员，"有包子吗？""有。""什么馅的？""猪肉的。""有牛肉胡萝卜馅的吗？""有。您来几两？""给我来碗豆浆。"

❖你好鼓浪屿，我还真来了

"去哪不重要，重要的是跟谁去。"这是句魔咒。

跟我同行的朋友俨然更热衷那些网上的攻略，到了房间，还在那挨页翻看，而且每每都发出极其满足的赞叹："这儿，真有感觉，咱明天去！"我伸着脖子打我半躺半卧的床的角度看去，发现那些页面她早就给我看过。我从来没见过这么热衷纸上谈兵的人。

她坐在书桌前，电脑的光把整个脸照得锃亮。她把自己存在虾米网上的歌挨个放啊放啊，放松的状态来了，一点儿不觉得在半夜三点一首接一首放"太委屈"这种歌多么……哀怨。她也跟着唱，甚至唱出了喜感，先是左腿晃，后来右腿也跟着晃。顺手拿起桌子上的服务指南，然后一惊一乍地蹦过来说:"点几个枕头吧!"我一下子没听明白,她把服务指南推到我眼前,上面跟菜单似的写着枕头馅。一共二十四种。她像个孩子发现了能白玩的玩具,来了精神儿,嘟着嘴说:"我要——一个鹅毛的,一个丝绒的,一个玫瑰的。你呢?"半夜,要那么多枕头!"你长那么多脑袋了吗?"我问,可是她意已决,"我还得抱着呢。枕两个,抱一个。你赶紧。"我上上下下看了几轮,最终还是没有点那些冲上水就能当下午茶的枕头芯,"还荞麦皮的吧,跟在家一样。"她心满意足啪的一下把服务指南合上,噼噼啪啪拨电话,凌晨三点半我们有了新枕头。原来的枕头没收走,以至于床上都满了,跟睡多少个人似的。

她问,你想吃饭吗?我说,这都鬼出没的点儿了,咱去哪吃饭啊,先跟枕头睡觉吧。

但这位女侠抓起雨伞一挥,"快点!别来了就睡觉,到处转转。"从来没遇见过这么分秒必争的人,于是跟着去了。门口保安说街对面还有个二十四小时的饭店可以吃饭。

外面雨比我们到的时候小了,但耳边依然都是雨点砸地的声音,树上原本开得好好的杜鹃花落了一地的花瓣。我们就跟参加谁的婚宴似的,踩着一路花瓣奔着灯光而去。唰唰唰地走在雨夜里,很有《聊斋志异》的感觉。

店门大敞四开,斑驳的木头框子反射着街道上的暗光。收钱的人趴在柜台沉睡,桌面上只有一团头发。女老板在油锅前炸油条，软囊囊地拿竹夹子在里面翻着，我后背发冷，简直是到酆都城了。老板问我们想吃什么，我的女伴问她："您这什么最好吃？"我当时特别怕女老板说人心最好吃。还好，她拿竹夹子指了指墙上的价目表，真心便宜啊！都是各类鸭肉粥。我的女伴很心满意足，说这个店是网友推荐度很高的地方。话说此处很简陋，大排档规模，空空荡荡的三合板桌椅，墙上是一碗一碗放大了很多倍的肉粥照片，排列非常规矩。她要了一碗加鸭血的粥，我要了一碗加鸭脖子的粥。在她不断点头说"味道地道"的时候，我也随声附和。但说实话，到今天我依然记不起那著名的鸭肉粥是什么味儿的。倒是那翻滚的油锅，画面特别清晰。

我们踩着聊斋般不变的步伐往五星酒店走，这大半夜的，喝血吃肉，鬼神都得离我们远点儿。

进屋，床上那一群枕头着实吓了我们自己一跳。各自拍着胸口倒头睡去。

醒的时候，暴雨依然未停。雨打窗棂，我给自己沏了杯茶，把毛巾被垫在屁股底下，坐在了宽宽的窗台上。

很多内心充满诗意的人都喜欢这样，抱着俩膝盖，头向窗外侧着，放空内心，给自己一大段愣神儿的时间。但其实这种抒情的姿势坚持不了多久，那叫一个无聊。我抄起电话，打给一个北京的朋友。闲聊没几句,她就突然大声说:"哎呀,你那是长途,怪贵的,赶紧挂吧!回头有不花钱的电话咱再聊闲白儿!"我说:"这是我给你打过去的,不花你钱!"她说:"你的钱也是钱!你不是没什么正经事吗?又没急事就别费电话费了!"说完,那边笑着就把电话给挂断了。

我的心怅然若失。忽然觉得无比悲凉,就像那些被雨水打下来的杜鹃花一样,被路人踩来踩去。怎么交了一个这么会过的朋友呢?

我的女旅伴悠悠缓醒,在床上伸着懒腰。夜里要的那些枕头都被她悉数踹在床下。

我问她:"咱今天去哪遛遛?"她看了眼窗外,含混不清地说:"别出去了,咱就是来放松的,我电脑里下载了好多电视剧,你随便点。"在她刷牙的工夫,我把她电脑内存查了一下,这闺女存的居然全是国产电视剧,这得是个多热爱生活的人啊!

到厦门的第一天,我和一个女的,坐在各自的床上,身上搭着白被单儿看《闯关东》,愣是从第一集看到了最后一集。我中途睡过去三次。真对得起这五星级酒店的房间,我们跟来住院似的,几乎除了上厕所,就是倒在床上各自抱着好几个枕头。

依然是夜行出去吃饭。这次去了一个非常大的饭店,卖的均为广式茶点，全是一小碟一小盘，看着颇有食欲。席间她一直在打电话，我吃得已经要从嗓子里往外冒的时候，不得不打住，然后要了餐盒给她打包。回去的时候冒雨打车，到酒店门口司机很不耐烦地催促，让我们快点儿拿钱，这态度可把我的女伴惹了，她把《闯关东》里那些数落土豪的台词全用司机身上了，连珠炮似的抨击频率只让司机干张着嘴，这样的服务确实给这座美丽的城市丢了脸。临了，女伴又往车座上扔了十块钱，她说："小费！"这女人的形象立刻在暴雨中高大了。

因为实在无聊，我们相约到电影院还看了场电影，那影厅真小，跟以前看录像的地方似的。从电影院出来，看见已经黄摊儿拔营的"光合作用"书店，心中又一阵怅然若失。女伴看我愣神，在一旁说："就算这地方没黄，咱俩在里面转一圈儿，拍几张照片不也得走吗？就跟人家不黄，你就能来买多少书似的。"她说得在理。一咬牙，一跺脚，走人！

❖不抢购就白来了

又是一夜烟雨蒙蒙时。她依然打着漫无边际的电话，进屋的片刻也是上个厕所，充个电，大部分时间都在大堂某个角落跟某人电话交心。每每此时，我就在感叹，瞧人家的朋友，那么不在乎钱！

我一个人在屋里时不时光脚踩踩地毯,试试这高级房间的纯羊毛舒服不舒服。又片腿在窗台上坐到腿酸。拿了相机跑下楼,听见女伴在身后忽然大喊:"哎,大下雨的,你干吗去?"我说:"我给雨照点儿相。"确实不是一般的无聊!

外面雨太大了,所以我只能在大堂的玻璃里面往外照。外面黑,里面亮,玻璃就成了镜子,所以打镜头里看见一个女的蹲在地上举着相机对着我,吓了我一跳。对玻璃晃了一下相机,才发现那女的,居然是我。

我明天必须出去,这不是我要的人生!我对自己说。

虽然雨没有停的意思,但当新的一天来临,我那女伴都沉不住气了,她那点国产电视剧的存量快到底儿了。于是我们决定冒雨奔鼓浪屿。

也许是因为暴雨的原因,卖船票的窗口排队的人并不多,很多游客临时买的一次性雨衣,被雨水劈得已经七零八落,但还都贴在身上,如同一群要上船跑路的乞丐。我们就混在这些人当中。

等待渡轮的人黑压压一片啊!全岸上站着呢。大家的表情一点不焦虑,有说有笑望着对面的那个小岛。

呜——一声长长的汽笛声提醒人们有船要靠岸了。再瞧刚刚还慈眉善目的众人,已经收齐了放松的表情,互相提醒"一会儿赶紧挤"。我跟女伴对视一眼,异口同声:"让不要命的先上。"

我们几乎是被后面的人推上船的,也别管谁的雨伞蹭了谁,或者谁的雨衣上的水滴谁身上了,我们僵直地戳着。身边吵架声四起。

距离很近,所以船一会儿就到岸了。我们又被人推到岸上。无数打小旗的带着各自的队伍从我们身边经过,各种小喇叭里此起彼伏着鼓浪屿的历史。暴雨,一点没阻止游人的兴致。

我们避开人群,找了一条通往领事馆的路,跟在各种颜色的小旗儿后面。

古树古藤加上大雨,更给那些外国领事馆旧楼带来了一种神秘色彩。女伴问:"你害怕吗?"我拍了几张日本领事馆的照片,把眼睛打取景器里收回来,青色的石阶层层而上,看看那座隐藏在绿色植物里的楼,打了个寒战:"阴气太重!"她拉了我书包带一下:"赶紧离开这。"我们用女巫般无声而细碎的脚步快速走出领事馆区域。说实话,我打内心对这些爬满青苔的房子有些恐惧。

转到小店云集的街上,热闹多了,可算还阳了!

每家都在铺天盖地地卖明信片。我们无比庸俗地按照旅游攻略指引,找到了张三丰欧式奶茶铺,屋里已经没座了,我们排队买了两杯,女伴用坚定的语气强调:"欧式的!"我们举着在青石板路上逛游。话说,这是我喝过的最好喝的奶茶了,因为它里面没有那种塑料弹球似的东西，而是撒了很多坚果末子。真是喝一杯想两杯，连雨水的味道都变成了甜的。

叶氏麻糍，一个小推车，一个长长的食客队伍。我们俩绕到小推车的正前方，看摊主把糯米糍粑弄成饺子皮的样子，往里塞进黑芝麻、花生碎末和糖分，然后拿手一揉就算行了。女伴问："吃吗？"我问："脏吗？"她说："走！"我们就去另一家卖馅饼的窗口排队了。

攻略上说这里的肉馅饼很好吃。我们急切地拆了包装，各自捏着一个往嘴里送，她咀嚼的速度比我快，大呼"好吃好吃"，仰着脖子，像给自己在灌药。我嘴里一股甜腻腻的味道，没敢有大幅度动作，问她："这馅饼是什么馅啊？"她很懂行："猪油和白糖，里面有猪肉呢！"我好歹把那口咽下去了，这叫一个翻心。剩下的塞进她的嘴里，她问："哎哟，你是回民？"我说："你才回民呢！我受不了把猪肉腌在白糖里，吃了头晕。"

为了安抚我不断从胃里汹涌而出的猪油，她立在一个卖肉脯铺子的前面，售货窗口那些人无序地扎在一起，你推我，我抵你，跟免费发国库券似的。女伴如同女侠一般，提了一口气就冲进了人群，用游泳般的姿势愣是挤进了前三甲。人家生意人就是有头脑，把各种口味的肉脯全塞在一个劣质的红色双肩背书包里，包上非常醒目地印着肉脯铺子的大号。

很快女伴就举着俩红书包又游回来了，两个小伙伴背起醒目的双肩背包，继续雨中购物。之后的购物点都是她选的，因为她心血来潮地要买鱼油、龙眼干等等。我们在那条小街上转了一圈又一圈，像两个到批发市场打货的，目不斜视，哪排队奔哪去。

一点儿不见小的雨终于让我们落汤鸡一样坐进鼓浪屿的小饭店，简单的饭菜，高昂的价格，一般的味道。就在我闷头吃饭的工夫，她又出出进进好几趟，跑其他小店抢购纪念品了。像我们这么热爱购物的人，不参加旅行社，真是旅游业的一大损失。

❖一步一步按攻略来

那位女伴最常说的一句话是："别着急，一步一步按攻略来。"排雷工作怎么不让她干呢，那么不紧不慢坚持秩序。

所以按照攻略，我们到了著名景点南普陀寺。香客很多，看她满脸肃穆我问了一句："你信佛吗？"她摇了摇头，马上又点了点头，内心很纠结的样子。还在我走马观花到处张望的时候，这闺女已经跪在佛前磕上头了。我等她站起来，本打算一起走，可她根本没有观光的意思，见殿就进，有垫子就跪，磕起来没完没了，跟这辈子做了多少坏事似的，特别虔诚。

我实在不喜欢排队磕头的故事情节，所以给她发了条短信，就奔山上而去了。

雨虽然小了,但让石阶非常湿滑,走几步还能出溜下去一步,所以步子迈得非常小心翼翼。爬山的人很少,横生枝节的古树会突然拦腰出现在路上,你要扶着树干跨过去,这向上的一路走得非常有趣,雨声唰唰的,徒步鞋把水洼里的积水溅到更远处。很快,古代宫殿似的重檐飞脊以及杏黄色的琉璃瓦被树木遮住了。

后山不高,二十分钟就登顶了。站在五老峰上看雨中的厦门。忽然想起,停在青涩时光里的一张写有我名字的机票,以及一张烂纸上的中英文字迹。

女伴的短信催促我快点下山,要奔赴另一个攻略景点。我几乎打着滑梯就从山上出溜下来了。问她:"去哪儿?"她拿手一指:"厦大!"真文艺!上学时必是个爱学习爱劳动的好同学,不像我,就腻味学校。

在寺庙旁边建学校,有点意思。学校门口有个在自行车上卖货的,我们去围观,不过是插在竹签子上的被切好的哈密瓜,还有已经包好了放在泡沫小碟子里的菠萝蜜。她问:"吃吗?"我说:"不吃!"她对小贩说:"来一份!"然后自己拿牙签扎了一个菠萝蜜放进嘴里,快速嚼了嚼,递给我:"你都吃了吧。我吃不惯这味儿。"我嘎吱嘎吱嚼塑料一样吃着进了厦大。

她到哪都不照相,进了大学这通照啊,而我只能亦步亦趋地跟着，因为我忘了酒店的名字，自己回不去。无论是老旧的教学楼，还是食堂外面横七竖八的自行车，无论是宿舍的窗台，还是公告栏里的海报，她都得换好几个角度拍，遇见三三两两的学生她还得感慨两句。如同失学多年终于回到母校一样。

在厦大里也没遇见辆摆渡车，全是上坡路啊，走得我腿肚子都要转筋了。好歹是远远看见大门了，可算能出去了。

我知道很多攻略都把厦大描写得特别美，我也相信这种美的存在，但哪所有历史的大学不美呢，美得如此司空见惯，尤其对于一个从小生长在南开大学里的人而言，关于大学校园的一切实在太熟悉了。

出了厦大就到了远近闻名的白城沙滩。她欢呼着往海里跑，海风很大，天上掉着雨点儿，沙滩上有垃圾，海水混沌无边。我忽然想起那句"除却巫山不是云"，这所谓的沙滩，还不如渤海湾呢。

在我们要离开厦门那天，老天开眼了，晴空万里。因为我们各自的飞机起飞时间都在下午，所以拉开窗帘的瞬间决定再次去趟鼓浪屿，看看晴天里的小资圣地。

不是周末，更不是什么节日，可人多得跟黄金周似的，我们用极大的耐心去排船票。大太阳底下那叫一个暴晒，还真不如下雨呢。好不容易上了岸，游行的队伍过来过去，我们忽然没有了任何闲逛的心情，我急匆匆地又去张三丰的铺子排了杯欧式奶茶,果断结束鼓浪屿的行程。

  我对攻略上所有关于鼓浪屿的浪漫描述深表怀疑。劝你,别抱着幻想来了。想要明信片,我给你寄,至今放在柜子里没踹出去的还有很多张呢。

去个能让灵魂鲜亮的地方

什么是优秀摄影师,就是能用软件熟练给照片 PS 的人,最起码也得会用个美图秀秀。如果你还能写点儿蛊惑人心的文字,就更完美了。我后来才明白为什么很多旅游网站拿钱悬赏那些又发照片又写游记的人,省得高薪雇旅游体验师当托儿了。

有一年,我手机里下载了大量优美的图片无比向往地从拉萨坐上了飞往加德满都的飞机。那飞机空的,跟进了大礼堂似的。我非常守规矩地一边看自己的票一边找对应的座位,空姐非常有礼貌地说:"就这么多人了,可以随便坐。"这让我非常紧张,我从前走到后,数了一下,能装三百来人的大飞机连二十个乘客都不到。

你有过在非节假日时间到电影院去看电影的经历吗?影厅一进去,满眼没几个人,全是座!飞机上就那感觉的。

那么多座位弄得我焦躁不安都不知道坐哪儿合适了,我自言自语:"这不会是去太空的飞机吧?"旁边一个跟抢座似的男的在那接茬:"去太空你得补差价。"怎么有这么爱和陌生人说话的人呢。我没理他。我怕的不是补什么差价,我怕这飞机只捎这几个人是去执行任务,飞到个没生命迹象的地方做实验。从来没坐过空到能跑着在上面玩捉迷藏的飞机。

大概由于乘客不多，飞行时间又短，乘务人员觉得又给水又给饭不值当的，所以这一路都跟坐公共汽车似的，吃喝全无，不停几站就算不错。

因为人少，空姐可以挨个聊天。她说："靠右坐，能看见珠峰。"声音虽小，但那些假装睡觉的一下就蹦到了右面靠窗位置，我瞬间就想到了小船儿，大叫："都到右边，飞机会歪下去的！"这句毫无科学根据的话还挺管用，好几个为了保持平衡见义勇为的男人又坐回左面了。

大飞机飞呀飞呀，守着右边舷窗的几个人还保持着向右看齐的姿势。尽管戴着墨镜，我还是觉得眼睛都快给晒瞎了，别说珠峰了，除了机翼就是一片白茫茫。左侧的人们早就拉下舷窗闷头睡去，只有坐在右边的人还期待幻觉出现呢。

我实在憋不住了，叫过空姐问珠峰在哪儿。她说："您注意点儿吧，要是能看见，肯定在右边。"这不废话吗，珠峰也没长腿儿，还能前后左右地跑？空姐为了安慰我，又补了一句："一般晴天能看见，但雾天就看不到了。"坐在我后面那男的一分钟内叹了三回气，跟得了哮喘一样。

右边的人几乎都闭目养神了，只有我和后面那没完没了叹气的男人还扭着脖子等雪山。最后空姐都看不下去了，特意又过来问："您是还等着看珠峰呢吗？雾大估计看不见了，如果过一会儿能看见,我会在广播里告诉你们。"我把墨镜默默地掀到自己脑门上,向椅背上靠去。直到下飞机,我才在墙上的一张海报里看见了珠峰。

其实在西藏已经去过珠峰大本营了,也爬过米堆冰川,各种雪山也都看见过了,可那些手机里收藏的来自喜马拉雅山另一侧的风景着实吸引着我,所以坐着飞机翻越了世界最高的山峰。

一下飞机,国际机场啊,盖得跟农家院似的,全砖头搭的平房,怎么那么环保呢!在换钱的地方排队,人民币兑卢比,立刻富得像个土财主。在如同农家院的机场大厅里穿过,兴奋地等着外面的蓝天白云。出去一看,还不如咱这PM2.5的天空透亮呢。外面等着拉活儿的人很多,男人几乎个头都不高,皮肤比黑人白点儿有限。出来一个人就会有几位大哥跟在身后喊:"嘿,chinese person!"我笑着对他们说:"有富余发票吗?"

用暴土扬长来形容机场外面的路一点儿不为过。流浪狗随便一躺,逍遥自在,看来出机场就到村儿里了。我举着相机,取景框里乌蒙蒙一片,镜头上全是土。我注意了一下尼泊尔人民的衣着,上面无论是皮夹克还是棒针毛衣,再瞧下面,大凉的天儿,全民都光脚穿着塑料拖鞋,而且还是最廉价那种趿拉鞋。难道全世界最高的幸福指数都体现在冬天光脚丫子穿塑料凉鞋上?

你以为进市区汽车得开段儿高速路？错！走的全是土道。出租司机问我去哪，我鼓了鼓勇气说："去五星级酒店吧。"那一路开得，七扭八歪，就算拐弯都不带减速的，司机师傅的车技了得啊！

当两边不断出现一些不高的破楼的时候，司机说，这就是加德满都最繁华的街道。我惊得张着嘴，仰脸向上看，电线杆子如同小孩随便戳地里的木棍儿，上面交错纵横挂着无数条不知打哪来，不知要去哪儿的电线。破败的楼高低无序，像是凭心气儿自己盖的，因为毫无规划可言。可是，每家窗台上满满的摆的都是花，那花盆里一簇一簇开得特别质朴特别大方的小花把整个灰蒙蒙的世界都染鲜艳了。

加德满都的出租车类似一代夏利，车窗还都是摇把儿的。我探着身子举相机，每当我觉得可算不颠的时候，司机就来个飘移，幸亏车门结实，要不我整个人就扑出去了。那些街边的花啊，是我此行的明媚。

我很央视地问司机："你幸福吗？"他说："我很幸福。我有两个男孩，都在上学，我有老婆。我比印度人幸福。"他说这番话的时候，嘴角露着笑容，眼睛还扫了一下后视镜上挂的一串菩提。他随手一指，我看见对面楼上窗台坐着一只猴，跟个人似的正往下看。没一会儿，又看见一只猴妈妈背着自己孩子从耐克门店的广告牌上走过，从容不迫，如同去集市买菜，

怎么出来不带把伞呢!

这里的孩子长得非常好看，因为尼泊尔的人面部轮廓分明，眼睛大而明亮，我看见两个穿着暗红色的学生装的女孩坐在一起，好像大的在给小的编辫子。我立刻用长焦把她们拉近，司机让车的工夫，我看明白了，是一个女孩在给另一个女孩择虱子。

很快到了牦牛酒店，加德满都最著名的五星级酒店。下车的时候，司机找了我一把零钱，上面全是雪山。

❖加德满都

因为下雨，导游库玛尔用并不流利的中文说，先带着大家去看"浪漫传奇"——深不可测的大瀑布。

车子在一个垃圾场旁边停下了，我们深一脚浅一脚跟着导游，大家变得沉默，估计所有人都跟我一样，抱着看蓝天白云的幸福指数来的，遇到的却是满目疮痍。我看见两个孩子穿着极其脏的衣服跪在一棵树下的泥巴里玩石子，雨仿佛下到他们头顶上就变成了蒸汽，俩人浑然不觉，把一个石子弹过来弹过去。几个中国人围着看了两眼，觉得实在没意思，悻悻而去。

每当我要举相机，从旁边小屋里就钻出一个孩子，伸着手追过来，"卢比、卢比。"我对他笑着，收好相机，摆摆手表示我没拍照。

很快走到了一个小铁门,像个街边公园的入口处。导游示意让大家往里走,自古华山一条路。没几步,就有一面画了珠峰的白墙出现,两个尼泊尔人淋着雨迅速跑到白墙下站好,招手,示意我帮他们拍张合影。雨水就像阳光,他们笑得满足而舒展。那一刻,我隔着幸福,看见了幸福的人。

雨越下越大。耳边都是水声,无法分辨瀑布的动静。库玛尔穿着皮夹克,一只手永远揣在裤兜里,我还以为那是个假肢呢,他戴着个黑色的棒球帽,不打伞也不穿雨衣,浑然天成融入自然。我走在队伍最前面,看见一池潭水,停下,向上看见很短促的三层水流向潭中。随后上来的大家围着铁栏杆,看那一小池碧水并拍照。库玛尔说,"最美的景色大家看见了,可以回去了。"就这?哪儿跟哪儿就神秘莫测了?还不如周末我们小区中心花园的人造景观水流儿大呢。

可是,走在我旁边的库玛尔又非常自豪地说了一遍:"这是加德满都最美丽的瀑布!"雨水打他帽檐上流下,他走得很快。

到帕斯帕提那神庙的时候雨小了一些。这是联合国人类文化遗产之一。这座巴格玛蒂河畔的印度教寺庙,是印度次大陆四大供奉湿婆的寺庙之一,修建时间可追溯至公元400年。很多老外坐在河岸上的石洞里向河边张望,居然忘了自己在这儿也是个老外。我倚在石塔旁，忽然发现那些石塔每一侧都刻有神兽，而塔内的生殖崇拜异常明显，凸起的石头还有花瓣和各种颜色的蒂卡粉的痕迹。

石塔群落很多，我往里走了走，肃穆庄严，非常像《古墓丽影》里的场景。忽然从塔里探出头来的人彼此张望，这让我觉得有些胆怯，赶紧回到人群中。巴哥玛蒂河上游沿岸有一些苦行僧隐居的山洞，洞中人穿得异常显眼，摆成修炼姿势，招呼游人拍照收费。这些经典形象我在无数尼泊尔图片里看见过。

库玛尔介绍了这地方的历史，但因为雨声嘈杂，我没太听懂，但最后一句听得真真的，他说："加德满都的人死了之后就会被送到这儿，这其实是人民的火葬场。"我瞪着眼睛看着旁边的女孩，她也惊讶地瞪着我。此时无声胜有声。在国内火葬场那种地方谁会当景点闲逛啊，而我们大老远风尘仆仆赶来奔丧。大家表情都特别肃穆。

旅行攻略上说，如果幸运才能看见火化场面。这么说是为了安慰我们这些不常参加白事的人吧，但凡到过这的人还真没有白来的，都送了最后一程。河边，一簇一簇的火已经点起来了，在这样一个阴雨天，橘黄色的火焰指引着灵魂的方向。

两座为皇室或贵族专用的石造平台和位于下游的四座为平民百姓火葬的平台全满了。印度教相信，死后燃烧躯体并将骨灰撒放河中，灵魂就可以脱离躯体而得到解脱。尼泊尔人的火葬仪式非常简单，遗体火化时，死者的长子会在河边将头剃光，并且走进河里净身，经过简单的仪式将亲人的遗体用白布包起，放在紧靠河边的平台上由四根原木搭的架子上焚烧，三个小时后灰烬被推到河里，随水而逝。

我们站在河对岸，看个满眼儿。

没有哭声，只有亲人，或许这样的送别才最隆重。那一刻，你会觉得生命其实就那么平常，来去不会有更多的痕迹。这条连接着恒河的巴格玛蒂河，带走了太多人的故事，没有烧尽的尸骨或许还在被乌鸦啄食，但我相信，所有人洁净的灵魂已经到了雪山之巅，俯瞰这被众神护佑的人间。岸是我们温暖的归宿，又是我们残酷而冰冷的终点。

帕斯帕提那神庙的猴子很多，它们和那些苦行僧一样，是这座印度寺庙的守卫者，巴格玛蒂河边的日出日落让时间走进历史深处，而两岸的景象却从来没有变过。我忽然发觉雨停了，心里有了最深的安静。

在加德满都河谷处有一座古城，巴德岗。作为游客，我只能以观光者的身份去抚摸穿越时光的城池，所有印度教古迹被尼泊尔人完整地保留了下来，五十五窗宫、巴萨特拉女神庙、尼亚塔波拉塔等等，神秘而威严。

在巴德岗杜巴广场上，制作陶罐的工人正在忙碌，有拉坯的，有塑形的，有上色的，那一地还带有泥土潮湿气息的陶罐被晾晒在日光下。这是干什么用的？摆设？装水？向导说："装钱！"原来是存钱罐！跟水缸一样得装多少钱啊，他们为什么就不把钱存银行呢？从遍地存钱罐推测，尼泊尔人民对装钱的容器还是需求量很大的。

这边热火朝天地做存钱罐，那边水管子处就有人对着水龙头开始沐浴了，女人用花布包裹着自己丰满的身体，正在往头发上打肥皂，我愣愣地看着，忽然就回到了自己的童年。在南亚强烈的阳光下，她柔美地甩着湿漉漉的长发，跟旁边的人边聊边笑。用肥皂，就是那么自信！

晚上去了一家尼泊尔餐厅，门口穿着纱丽的女服务员在每个人脑门上点了一个红点儿，表示对客人的祝福，大概由于不少人到了人生地不熟的地方总是好奇，所以如果点点儿的时候他正东张西望，那些点儿就不在脑门正中，大家围着长长的桌子席地而坐后，彼此看着很可笑。

尼泊尔的电很稀缺，所以室内的灯都非常昏暗，估摸着灯泡也就十瓦吧？纯铜的餐具，非常厚重压手，你就甭想端起来吃饭，必须把脸趴在盘子上。一轮一轮的服务员端着各种盘子罐子在你身边走，每轮会舀一勺食物放在你的铜盘子里。因为光线暗，所以端上来的菜品都没什么色彩感，乌乌涂涂，味道浓重而怪异。

我把唯一带有罐头味儿的茄汁煮黄豆拌在米饭里匆匆结束

了我的晚宴。这个时候，民族歌舞开始了，就像所有饭馆里的民族歌舞一样，几个人在台上欢唱，一个人跳着跳着就跑到了群众席，大家的视线就追着他。这回是个穿着类似唐僧服装的男人却跳着飞天的舞蹈，如果长得能白点儿，其实整体都挺妩媚的。

晚上八九点，对于这座雪山下的城市而言已经到了深度入睡的时间，街上的店面基本都关灯了。回到牦牛酒店，这里为客人服务的工艺品店还在营业，我看见在门口处一条羊毛围巾上用硕大的中文写着：价格绝不坑爹，你懂的！突然像进了二十年前的秀水街。

牦牛酒店的标间很小，室内装饰也非常简单，跟国内快捷酒店类似。窗台上挤满了在此过夜的鸽子，而不远处的树冠下则隐藏着无数只乌鸦。隔着玻璃，看鸟。它们紧挨着，偶尔咕咕咕地挪动一下身子，并不为有个陌生的人站在一边而惊慌。

此时的加德满都被磨成一个轮廓，如黛远山闪着诡秘而奇异的光。

❖ 奇旺

雨过天晴。

一把撕掉阴霾，天空蓝得那么透亮。依然经过嘈杂的街道，几乎看不见什么红绿灯，印度产的摩托车是这个城市重要交通工具，戴着黑色头盔的人在马路上像是来参加摩托车越野赛的，耳边都是引擎加速的声音。

很多到过尼泊尔的人回去写游记的时候，都会说到这里人民脸上的幸福感。我的相机里也留下了大量的人像。每看一张照片，我就在心里问上一句，幸福感是能在错肩的瞬间即被感知的吗？那些饱受日光侵蚀的皮肤，那颗不为任何欲望所动的内心，那些认为富贵有命生死在天的念头。

在停车小憩喝咖啡的光景，我看见路边一个孤零零的小货摊。更确切地说，是个离地面半米高的棚子，搭建的木棍并不粗，所以看着非常不结实。一个中年妇女伸长了腿侧靠着，看着手里的一本小书。货架上凌乱地放着木雕、廓尔喀军刀、披肩、菩提子、零食等等，上面都蒙满了灰。已经走到了摊主的身边，她依然不抬眼看你，直到我拿起一包薯片问她多少钱，她把书扣在自己的腿上，继而接过我擎在空中的一张钱，找回几张。全程无话。我对她微笑，双手合十，稍俯下身说："Namaste（合十，敬礼）。"这句是咒语吗？她立刻以同样动作还礼，脸上露出一丝淡淡的、羞涩的笑容。那本书从腿上滑落，并合上了。

农田里有一个人在扶犁耕地，这样的场面只在老电影里见过。可跟我们这儿不同的是，咱们耕地是讲究垄的、有规划，尼泊尔的田地是依着牛的步伐和心气儿走，后面的人既不赶也不吆喝，只是默默地跟着牛走，牛若停下，人就在一边等着抽支烟。所以翻起的泥巴东一块儿西一块儿，大概什么时候牛想回家就可以收工了。

平日在我们的脑中建立起来的效率、规则全部坍塌。尼泊尔仿佛被时间钝化了。

阳光晒得脸烫烫的。我带着满脸的阳光问坐在树下一手揣兜的库玛尔，为什么这里贫穷，却被说成最具有幸福感？他多口音和多语种的句子我大致能明白，意思是尼泊尔大部分人民信仰印度教，认为穷或富，疾病或健康都是神的旨意，一切都交给神。人和动物也是平等的，千百年来所有人就是这么生活，没有过多的欲望和奢求，也没见识过什么花花世界，认命。他们的世界就是雪山下众神护佑的这片土地。

我说，那是幸福吗？还是麻木？库玛尔不明白我说的"麻木"是什么意思，只是一遍一遍重复着"幸福"。

因为落后而原始，反倒成了我们今天追逐的伊甸园。这是旧了的童话，和我旧了的想象。

时不时有大车从我身边呼啸而过，库玛尔让我往后站，再往后就是悬崖。一个尼泊尔小伙子给车里的水箱灌水，我远远看着他，他忽然扭头大喊："Hi,hello!"隔着一条宽阔的山路，笑得却是那么清澈。我冲他招招手，他也干脆放下手里的水桶，使劲冲我挥舞着胳膊，如同突然在一个陌生的地方遇见了老熟人。

我扶住一棵树,看山顶浓重的云。怎样的生活不能生活呢?我们的心里有那么多缠绕,无数的烂电线,常常要短路。我们跪在佛前求财求姻缘求健康求学业求转世别受苦,其实我们求得越多,心里的欲念越重。

幸福很轻,因为它太简单了。只要你把那些烂电线剪断,扔掉。可惜,我们没几个人能做到。

我们千里迢迢穿着冲锋衣跑到人家的生活里,忽然发现自己原来是《渔夫和金鱼》里的那个老太婆,有了木盆还想要世界上最耀眼的宫殿。

开了五个多小时,依然是崎岖而颠簸的土路。看见大树了!我问库玛尔是不是到了原始森林,他说:"还很远。"

经过了大片的农田,奇旺到了。

我们入住丛林度假酒店,这群来自所谓科技社会的人刚下车就问服务员:"这有免费的WIFI吗?"然后集体扎在餐厅门口用微弱的WIFI信号刷微博,发微信。各冲一个方向,都低着头。土土已经在树冠上找到好几只脖子上有红色羽毛、一叫就能怒发冲冠的小鸟,我把长焦镜头装上,发现枝叶间蹦蹦跳跳着好几种漂亮的小鸟。它们黑色明亮的小眼睛眨巴眨巴,身体有节奏地跳跃,这是奇旺给我最欣慰的礼物。

在每家酒店的外墙上,都画着很多鸟的绘画,我在这些墙边流连忘返。我为什么这么喜欢鸟呢?

奇旺是南亚最大的国家森林公园,我们待在一个叫塔奴的村落中,这里普通的民居是用泥巴、稻草和动物粪便混合砌成的,房间低矮黑暗,所以白天他们就坐在屋外晒太阳。小鸡小鸭子一群一群自由地走在日光里,随时就能在土里刨个坑卧进去,它们的幸福感才真令人羡慕。

大象太多了,它像一个个巨大的移动城堡在不宽的街上走过。我们跟在象后面到了河边,河的对岸就是国家森林公园了。大象主动走进河里,甩着鼻子,等待游人骑上照相,这大概是个观光项目,更多的人则站在一边围观。一个亚洲女孩骑上了象背,正比划着俩手指头让男友给拍照,大象卷起鼻子,打河里捞足了水往身后一甩,那水流大得,居然把女孩打象背上冲下来了。女孩惊慌失措又叫又哭,在河里扑腾,岸上的人兴奋得跟着大叫。三个美国女人也结伴爬上象背,那象一扭身子,仨女人纷纷落水。瞬间我发现,西方女人原来是不穿胸罩的啊!

因为不是一个提前查攻略的人,所以我对一切都保持着天然的无知和浓厚的好奇,竟是站在河边一个小时观看大象怎么把人一个个地掀翻在水里。我对着刺目的阳光哈哈大笑。地上有我长长的影子。影子很轻,却永远也飞不起来。可我感觉快乐。

因为很热,所以在村里的小卖部买了一瓶尼泊尔产的可口可乐。一口下去很是清凉。走回酒店大约用了二十分钟,进门的一刻，我的世界开始颠倒。胃里翻江倒海的食物狂泻而出，天旋地转人已经站不住了。后来漫长的时间里，我一直重复着从床上爬起来，去厕所，吐完再倒在床上。尽管胃里已经空了，但呕吐的仪式还在持续。据说我旁边屋的姑娘除了上吐下泻已经发起了高烧。

土土推我，说在外面发现了很多非常漂亮的鸟。我闭着眼，"要是外面发金条你再告诉我。"后来大家都去吃饭了，我依然履行一个人的昏天黑地。下午的时候土土跑来，左手举着听红牛，右手攥着一把紫色和黄色的野花。他轻轻说："妈妈，给你摘的花。你好点儿没有？"我半死不活地睁了睁眼，刚刚吃进去的胃肠安又再次涌上心头，等我浑身虚汗地打厕所出来，土土小脸上挂着眼泪。他说："我不跟他们去看表演了，我留下来陪你。"我一把掀开红牛的拉环，咕咚咕咚喝下去。那束小花，开在我生命的斜坡上。这是多么近的幸福！

当我再次从昏睡中醒来已经是半夜了。忽然发现自己身轻如燕，转转脖子也不晕了，刷了刷牙，再次把自己裹进被子里。因为睡眠都留给了白天，所以只好把 iPad 拿出来，看韩剧消磨奇旺的夜晚。那戏真苦啊，谈个恋爱跟受组织考验似的，好不容易都顺畅了，又得绝症快死了。我抱着平板电脑哭了半宿，哭着哭着，天就亮了。

带我们进国家公园的是一个非常年轻帅气的小伙子，长得跟这里的鸟一样好看。像电影里演的一样,我们坐着敞篷吉普车到了森林的边缘,然后需要骑乘大象进去。我旁边是个独自来尼泊尔旅行的英国老太太,她说她已经六十七岁了。我就在想,如果我到了她那么大年纪,还有勇气向远方出发吗?

一只大象驮着四个人,哗啦哗啦踩着原始植被就进了森林。因为之前下过雨,所以地面很泥泞,陷在大象的脚印里的积水反着斑驳的光。为了不打扰动物,向导提示我们不要发出声音,可是我旁边的老太太总是按捺不住兴奋,拍拍我的胳膊让我往这看或往那看,痛恨自己英语不好,根本听不明白她叫我看什么,只好顺着她手指的方向望去,然后"OK!OK!"土土回身问:"你看见什么了?"我说:"嘘!看见好多树!"

向导身上的对讲机不时通报哪儿发现了动物,我们的大象就要向目标快速走去。树林非常茂密,需要像猴一样手搭凉棚挡着扫过来的树枝,我正半捂着脸呢,英国老太太再次拍我,"Monkey!"我们和猴子面面相觑。我轻轻对它说:"Namaste。"它撅屁股蹿上了更高的树。

又走了一会儿,我正抚摸着大象粗糙的皮肤,队伍停下了,前面大约有三十多只小鹿在吃草,它们扭头看看我们,不情愿地跺跺脚甩甩小短尾巴,然后继续闷头吃自己的。象群一字排开站在鹿前面,如同叫阵,但其实是等着鹿吃完离去让出这条通往森林深处的路。这时候,向导的对讲机响了,说发现了犀牛父子，让大家赶紧过去。

在茂盛的森林里骑大象漫步确实感觉不错，刺眼的阳光被阻隔在密实的树冠之外，偶尔从叶子缝隙间落下的阳光洒在身上，让我们成了一队精灵。大象是很有个性的动物，如果你骑马，一定是所有的马都走一条道儿，非常有秩序地排列，但大象不是，绝不走寻常路，每只象都在独自穿越，所以这一路走得很神秘。

当大象在奔跑了几步忽然停下之后，我们赶紧定睛寻找，居然在我的腿旁边有只黑色的犀牛！它的皮肤像皮质盔甲一样厚实，并且反着光。这犀牛比动物园里的干净多了，而且非常灵活，跑动速度很快。大概它们适应了这一天几轮的观摩，所以对身边的大象和人视而不见，闷头吃草。而尾随在它旁边的是只小犀牛，据说是它儿子。俩家伙是这国家森林公园里的明星。

一般电影情节是到高潮迭起的时候就该结束了，骑大象也是，在看完犀牛之后，大象就开始快速往家走。穿过茂密的丛林，穿过并不宽阔的河流，穿过平原地带，也就出了森林公园。帮英国老太太拿她的 iPad 给她与大象合影，她在屏幕里笑得很慈祥。

记得来尼泊尔之前，我跟一个去过非洲的朋友说来看动物，她说："倒是跟动物园看的不一样。动物园你买张票什么都看见了，到国家森林公园跑老远的路，也不见得能看见几只羊。"可是我们不就愿意这样吗？当我们什么都能易如反掌地得到的时候，反而厌倦了，我们迷恋上寻找的过程。能让我过几天苦日子吗？成天吃糠咽菜就行。

苦日子还就说来就来了。这里的自助餐很简单，烤西红柿、烤辣椒、盐水圆白菜、奶酪、米饭和香蕉。我每顿都用自己带的榨菜拌米饭吃，倒也觉得美味异常。土土还要把打嘴里省下的小香蕉留给大象。衣带渐宽，人都给吃瘦了。

天始终晴朗，空气似乎都变成了蓝的。我喜欢这样到处散步，缓慢地走着，打一路招呼。小狗懒洋洋地随便倒在一处闭上眼酣睡，无论你怎么骚扰它，都是一副不屑搭理的模样。这里的生命如此自由，比空气更纯粹，比风更深情。

入乡随俗可能是人的本能，自从土土把口袋里的糖果们分给村里的小朋友，他们就已经开始围着一辆木推车追赶嬉戏了。笑声就是他们的语言，大家一点儿都不陌生。

带着旅人的疲惫，一路奔赴，我却也爱上了这个古朴的小村落。夕阳西下，白天的喧闹就像被人猛地拔了电门，忽然变成了万籁俱寂。无论经过哪个房门，只要你微笑着向内望去，目光交集处一定能听见那句温暖的"Namaste"。

第二天，向导问大家是否去穿越丛林探险，说得像科幻小说情节。一种方式是徒步，一种方式是乘坐吉普，后者安全而能走得更远。当然，差别最主要的是选择徒步可以不花钱，选择坐车则要雇司机。我悄悄拉过帅哥向导问他，徒步和坐吉普看到的动物有什么不同？他只是看着我笑，看得我都有点发毛了，于是走开，心里还在倒摸刚才表错意了？

有几个人已经率先上了吉普，我扒着车后兜儿问里面的人："刚才向导跟你们说能看见嘛？"一个女孩把眼睛从手机屏幕上挪开，看着我说："亚洲白犀牛、孟加拉虎、羚羊、鹿，还有鳄鱼。你不去吗？"可我想走着去。

因为我的选择，一个向导留了下来。他递给我一根墩布把儿那么粗的长棍，这条棍子不知道被多少人用过，已经非常滑溜了。我像战士接过钢枪，问他这是干什么用的。向导说，如果在丛林里遇见危险就用棍子打。天啊！我从来没想过有一天，我在异国他乡变成女武松。

这时候，吉普车引擎响了，我的同伴们向我挥手告别，我则甩起我的长棍，弄得耳边嗖嗖的。为了让动物对我有点亲切感，当成自己人，我回房间换上了刚买的一身尼泊尔服装。就这么花枝招展地出发了。

因为已经有了穿越的经历，所以对丛林并不陌生。只是，我们却选择了另一条路。先要坐船从沼泽地穿过去，上岸才是穿越丛林的起点。停泊的船其实是半拉被掏了芯的大树，一条船上只能分散着坐三四个人，老规矩，上了船是不能发出大声响的。耳边只有划桨的声音，规律而轻柔，像催眠曲。两边除了古树就是连绵晃动的芦苇，我使劲呼吸，任风丝游移，在鼻翼，在气管，在肺叶，于是，内心的世界清澈静定。

白鹭在芦苇间远望，翠鸟在花前停顿，猴子在树枝间追打，很多鳄鱼则像雕塑一样对着阳光张开大嘴，任由风吹进嗓子眼儿。这是多么和谐的动物世界，安宁庸常。很多美好就沉积在命运的旁侧，那些宿命的、不可知的安排又有什么呢？

在河道里漂浮良久，我拎着大棒子上岸了。或许丛林都是类似的模样，我仿佛真的走进了《动物世界》某期的节目。白蚁穴像一座又一座小山丘突兀地出现在林中，这里没有路，又似乎到处都是路，夕阳把最后一点力量用在大地上，金黄色进入了丛林，无数"耶稣光"从天而降。我就站在花开无声的尘世间。

除了脚步与草叶的摩擦声，丛林里很静谧，拍摄了一路此时的云淡风轻，甚至忘了我其实只是个旅人。手机嘀嘀嘀地响起来，提醒我现在的北京时间。时间确实是一张密不透风的大网，它网住了生命里一切悲凉，也网住了我们全部的幸福。然后，它嘀嗒而去。

我一点儿不喜欢拎着个大棍子走路，当拐棍太高，所以我只能像至尊宝一样，把棍子横搭在脖子后面，再用俩胳膊一左一右盘住耷拉着。丛林里太惬意了，别说动物，连只鸟都没有。

遇见最多的就是白蚁搭建的如巨大盆景般的城堡。薄薄的草甸子让视野变得辽阔，棍子太沉，任何一个姿势都坚持不了多久，所以，在南部亚洲最大的丛林里，一个中年妇女一边耍吧着长棍一边四下张望，后面还跟着个动不动就想往树上爬的孩子，这俩人时不时要求向导给拍合影。不用刻意挑选背景，我们就立于天地之间，湛蓝湛蓝的天上飘着几朵闲云，夕阳太懒，待了那么久还没走远呢。我们浑身披挂着金色日光。

大约在林子里漫步了一个多小时，胳膊都酸了。我拖着大棍子往回走。路过象舍，挨家挨户都在吃饭，大象拿鼻子卷起压成正方形的草料在空中划半个弧线就扔进了嘴里，嘎吱嘎吱咀嚼的声音证明它们的牙口还真不错。有的吃饱了的象在往身上撩土，像个淘气的孩子。小象则紧紧依偎着妈妈，这让它们脚上的铁链显得冰冷而残酷。

忽然想起那句诗："一道残阳铺水中，半江瑟瑟半江红。"从河边通往酒店有条小街，我最喜欢去的是一家大叔的作坊，他在小村里做了一辈子木雕，屋里摆了很多大象、犀牛以及我不认识的印度教众神，还有漂亮的首饰盒，因为是纯手工，所以每一款都是孤品，你根本找不到完全一样的。大叔递给我一尊药师佛，示意我闻一下，我轻轻俯身，一股苦涩的清香，我笑着点了点头，他说："能治病！"大叔的意思是，在尼泊尔，这种树是药材，所以佛像不但能长久保存还有抗病的效果。不能用栩栩如生来形容，因为我也没见过佛的真颜，但佛像细腻的纹路和光滑流畅的线条是那么美，佛像庄严慈祥温暖，在大叔心里一定住着佛祖。

我每次路过大叔的铺子，都会跟他打个招呼，他就坐在门槛外的阳光里，腿边散落着很多被切成正方形或长方形的木头。一刀一刀，很多岁月。

我则蹲在一旁，看他把一块再普通不过的木头雕刻成镂空的大象，肚子里套着小象，小象再镂空，腹中能藏起一只更小的象。也就是三只腹部镂空的象一只套一只地重叠在一起，居然一次雕刻成形。大叔不会说英语，更听不懂我说什么，我们的交流靠比划和猜测，我告诉他我要买，他就搬出了一地没有摆到货架上的作品。他一定不知道自己在我心里是伟大的艺术家，我视若珍宝的是不愿意失散的丛林时光，每一块木头有着独特生命美感的木纹肌理。我把我要买的那些素色木雕集中摆在一起，然后用手指在泥土地上画了个圈儿，表示这堆都归我。大叔很高兴，推了一下黑色塑料框眼镜又跑回屋里，我以为他是找计算器算钱，哪承想他又抱出了一些。我冲他无奈地摇了摇头。他举起一个，告诉我："很好的！"我知道每一件都很好，但一个终将离开的行囊里能扛多少木头呢？

大叔拿了一摞旧报纸，一件一裹，毫不讲究，也没袋子装，我就撩起衣服抖着。多么朴素的售卖方式，在这里谁会在乎形式呢？如果我告诉你，那些精美的木雕价格便宜得叫人惊讶，你是不是也要立刻奔赴奇旺啊？

　　回去的路上，看见坐吉普去丛林深处的人回来了，和帅哥向导聊了几句，我问："你们去那么远，看见老虎了吗？"他笑着说："他们看见的，跟你看见的一样。"我才明白出发前他意味深长的笑容啥意思。把坐吉普的钱省下来换艺术品，太赚了！

❖博卡拉

　　凌晨三点，服务员挨屋敲门，告知当地人因为不满选举，天亮会有游行，所有道路都会被拦，那时候想离开奇旺，除非长了翅膀。我们睡眼蒙眬地用最快速度收拾行装，三点半的时候车已经开出了村。这里还没醒来，而我，已经离开。

　　路上居然有武装警察开始布路障了，奇旺转了个弯，就被甩在了路尽头。

　　我的一个朋友在我耳边美化博卡拉不是一天两天了，要没有她鼓捣，我还真没决心来尼泊尔。据说博卡拉是尼泊尔最美的地方，被誉为南亚瑞士。到了你就会发现，这里被西方人盘踞着，西餐厅、酒吧、户外用品店、滑翔俱乐部，到处都是，被打扮得几乎已经没有了亚洲的模样。

因为我的朋友建议我一定要乘坐一次滑翔伞，否则就白来尼泊尔了。虽然我从小抵触极限运动，但本着我对那位朋友的信任就去飞行俱乐部给自己报名了滑翔伞，给土土报名驾机飞跃珠峰。因为我的活动在下午，所以先打车到土土驾机的地方。本以为就是小孩玩的飞机，哪承想直接到了博卡拉机场，而且参加飞行训练的人持正式护照入关，开的还是真直升机。这让小孩直接坐在驾驶舱往天上开，副驾驶脚底下有刹车吗？可我满肚子疑问翻译不成英语啊！

土土大概心里也嘀咕，但还是跟随海关人员独自进去了。我在外面这叫一转磨磨。机场人员告诉我楼上有大平台，可以在那等。我找了个离起飞地点最近的角落，把长焦镜头安上当望远镜用。可是，取景器里人依然只是个小点儿。飞行服都是统一的，再戴个头盔根本分不清谁是谁。我只能揣摩着大致的时间，然后对每一架起飞和降落的直升飞机狂拍，反正内存足够大，绝不能错过儿子第一次在国外当飞行员的过程。

内心的焦灼不安，让眼前如此清晰的鱼尾峰都黯然了。拍了怎么也有几百张了，一个多小时也没见土土出来，终于有个穿制服的人示意我下楼，我几乎是从二楼直接跳到一楼的。又等了将近十分钟，土土满脸落寞地被地勤人员送出来。我激动地迎上，问他感觉怎么样。他说："叔叔告诉我雾大，必须延长飞行时间。"

这时候终于领教了尼泊尔的慢,时间概念形同虚设。我在一张合同上签字,土土再次被地勤人员带走。

又经过了一个多小时,土土脸色煞白却无比激动地跑了出来。他说,开着一架蓝色直升机穿过云层就看见雪山了,他们就在雪山旁边飞,土土自己推操纵杆,教练胆子真大啊,拿英语培训半小时就放心让小孩自己开飞机了?土土说:"飞机操纵杆还真灵!"我的心都快不跳了。我问他:"你怎么跟教练交流啊?"他轻描淡写地答:"说英语呗。"

我无法揣摩土土开飞机的心情,以及他在云层之外与雪山面面相觑的激动,他也不跟我说。回来后看他写了一篇非常生动的作文,才知道飞机由他开,教练只发号施令。我又开始后背冒冷汗。那张写有他英文名字的飞行证书现在还挂在书房最显眼的位置。

他的飞行表演结束后,我的极限运动开始了。说实话,上车前我的腿开始哆嗦,而且双手冰凉。我想问飞行俱乐部不去参加滑翔伞能不能退钱,但又怕给中国人丢脸,因为在博卡拉,周围都是欧洲人。

小镇很热闹,很西方。三三两两的人坐在路边等车上山。我边上的一个西方小伙子把两根绳子分别绑在两棵树上,坐进中间的塑料座里,荡秋千。我跟同行的人说:"你瞧老外多不惜力气,还随身带着个秋千出门。"后来我才知道,人家那是私人滑翔伞。

站得我腿都累了,同伴说,你找地儿坐啊,我低头看看:"太脏了。"他怪叫一声:"呵,让你坐椅子你还嫌脏。一点儿户外精神都没有,你看人家,都直接坐地下。"这时候,车来了。一车年轻老外啊!他们都是滑翔伞教练,停留在博卡拉是因为要在尼泊尔玩一段时间,边挣钱边打工,美景收藏完了就回国。每个人在车里介绍自己的国籍,有荷兰有英国有德国有美国,最伟大的是只有我一个中国女的,甚至可以代表全亚洲了。

分配给我的是一个瘦小的马来西亚飞行教练,他才来尼泊尔三天,还没我待的时间长呢。亚洲人明显缺少热情,在别人都有说有笑开始聊天儿的时候,他还在沉默地一览众山小,大概是找个好往下跳的地方,我想。

我确实站在了博卡拉最高处,离蓝天更近,雄鹰飞得都没我高。下面绿色的农田和森林,蓝色的费瓦湖面,安娜普纳山脉珠峰如一个皇冠环顾在博卡拉的四周。可是,我眼里装着美景心里装着恐惧。一想到我一会儿得打山峰上往下跳就浑身发冷。

这时候,马来西亚人对我招了一下手,然后很粗暴地让我自己把滑翔伞穿上,靠,也没说明书,还催我。幸亏我在山下看过那老外鼓捣秋千,大致摸索了一下就完成了。他把我四处安全绳检查了一遍,然后说:"你现在练习原地跑。"我就笨拙地开始高抬腿。他在后面叫嚣:"这叫原地吗?"我在心里骂,"你推我干吗!"后来才意识到,来自背后的强大动力其实是风。他又给我拽回来,继续练习。练了几下,我都大汗淋漓了。自己跑就够累的了,背后还得拖着个矮个男人。

我正枯燥地自顾自蹬腿儿呢,他在后面大喊:"跑!"又在后面使劲推了我一把:"使劲往前跑!"根本就没练过这个啊!我都不知道自己是跑了还是没跑,反正砰的一下,我再睁眼,大地已经在我脚下,我像一根羽毛飘在博卡拉的上空!

彩虹般的滑翔伞,一片一片云一样自由。风是我们的动力和方向。我看见了远处的大佛塔,上面的佛眼凝望着众生,慈悲温柔。

正当我沉浸在诗意的俯望里,矮个男人忽然说:"做个特技啊!"不容我反应,滑翔伞朝一个方向迅速滑落,猛的一下又被吊起,再然后是高频率旋转,像个陀螺。我连骂大街的意识都没有了,胃里的酸水迅速上涌。我用全部的力气说:"我想吐!"身后传来一个冷漠而欠扁的声音:"不行。赶紧咽回去。你要是吐到屋顶上会给居民带来厄运。"我的内心在回答:"我去你大爷!我是恶毒的巫婆吗?"

但我的意识极力拦截着汹涌而上的反胃。望着大佛塔,在心里跟佛说,请让我不要吐,我不想给任何人带来不好,这是一个如此美的地方。那一刻佛光普照了。我生生封住了自己的嘴，让上来的再咽回去，逐渐不再恶心，美好的感觉回来了，我又看见了费瓦湖的波光粼粼。

矮个男人拿个大杆子，上面拴着录像机，不停地拍照、录像，时不时让我看镜头，或者对着镜头说点话。他不知道自己有多烦吗？

像很多张漂亮的糖纸，无数滑翔伞缓缓地降落在费瓦湖边。

脚着地的一刻，心里踏实了，又开始怀念天上的飘浮。人就是这么反复、不满足。

湖边都是西方人，男男女女喝着啤酒。啊，天上一脚地上一脚的日子真幸福。饮料是免费的，我拿了瓶果汁为自己庆祝。可算摆脱掉的矮个男人又来了，让我给他填一张售后服务表的东西，我根本看不懂上面的文字，但还是按他要求的逐一挑了钩。其实我很不满意！后来他拿来两样东西，一张是写有我名字的滑翔伞培训合格证，一张是他的名片，上面写着美金兑换卢比的汇率。他说："换钱找我，比外面合适。"我对他笑笑，默默把收进口袋的名片揉成一团。

❖ 萨冉科特

凌晨四点被向导叫上车，因为要去看日出。我喜欢等待的感觉，内心所有期盼仿佛站在落花的温柔里，独自风花雪月。

车停在一个稍微宽敞一些的山路上，剩下的时间用来步行上山。因为太阳还在沉睡，所以四周很黑，只有我们晃来晃去的手电光束，它是亮在地面的星星。

空气很凉。像冰。

雾气越来越大，甚至将每个人都包裹起来，我们就如同在混沌的米汤里游弋。我追上向导，问他怎么早晨那么大雾呢？他说："不是雾。你在云里。"

云中漫步！我张开嘴，把云大口大口吃进去。土土问："云是什么味道的？"清冽、细腻、湿润，还有一丝想象中的甜味儿。

路是一直通往山顶的，再向下看的时候发现我们刚才穿过的那个沉睡中的小村落已在脚下。浓重的白色云团像一床厚实的棉被盖在村子身上，隐约还能看见凸出来的房脊。此时的我，竟是已身在白云外。

爬上向导亲戚家的房顶，深呼吸，太美了！一边是高耸绵延的雪山，一边是低垂皎白的云海。天色见亮，每一分秒光影都在变化，站在高处你才能感受到什么是"瞬息万变"。安娜普纳雪山就在眼前，而雄浑壮美的道拉吉里峰和美丽惊艳的鱼尾峰正在与你的目光对视。我们一起等待那道金光万丈。没人看表，这里的时间只是个虚词。光亮在一点一点挪动。

忽然，一丝如灼热铁水般浓烈的光线从云层中跳脱出来。耳边爆发出欢呼声："来啦！来啦！日出！"白色雪山顶就那样在一分钟之内缓慢而凝重地被烧红了。这泼洒到世间的金光是一个华丽的句子，瞬间就打破了天地间的沉默。远天则是洗涤一新的蓝空。

很冷。人快被冻透了。我扶着扎手的铁栏杆打人家屋顶上下来，发现大地醒了。那些关着的屋门纷纷打开，女人们在屋内用最原始的方式织布，纯羊毛的大披肩厚实而艳丽，一百卢比一条，按照人民币兑卢比 1:14 的汇率，你自己算算这一条披肩多少钱吧。

在尼泊尔的日子就像被打了鸡血，不睡觉不觉得困，不怎么吃饭也没觉得饿。傍晚的时候，打车到费瓦湖边，尖而细长的小船被涂了非常鲜艳的颜色，静静的，本身就是一首抒情诗。

躺在船上，任时光流淌，我几乎已经忘了还有故乡。

费瓦湖边的西餐馆非常多，找了一家看上去很浪漫的，坐在院子里的木椅上，等着上餐。半个小时以后服务生端上了杯白水，还有写在纸条上的 WIFI 密码。我用一周的时间已经适应了尼泊尔式的缓慢。四十分钟以后沙拉端上来了，两个小时以后我要的比萨才来。如果你催促服务生，他会特别纳闷，为什么这个人这么着急呢，什么事不就得慢慢来吗？

没错，"慢慢来"是尼泊尔的性格。

从博卡拉到加德满都以东三十公里处的尼泊尔人村庄纳加阔特大约开了七个小时。行李放在车里，人需要徒步上山。好像到了尼泊尔就一直在不同的山间行走,而远处的雪山始终护佑在你左右。

纳加阔特才是南亚的瑞士。远山陪伴平原,辽阔而寂静。我长久地待在露台上,凝视着喜马拉雅山峰上的千年冰雪。

有人说,对一个人喜欢的冲动大概在十五天左右,如果过了这个时间段感情还没有结果,那这份冲动就会减少甚至消失;对一个人的回忆大概在一百二十天左右,如果过了这个时间段还是对那个人念念不忘,证明你深爱过。走过了太多的路以后,生命里的冲动早已自然消退,而念念不忘的则是一次又一次向更远处出发,等待成为一列山岭,或者,等待归入万千尘埃。也许我们相遇过,在这里或者那里,却全然不知,因为原来的我们都忘了另一端的故事,还有那些或悲或喜的曾经。

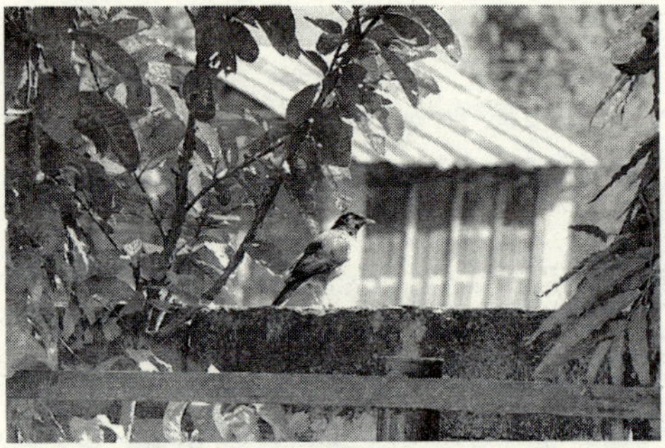

❖ 微言动听

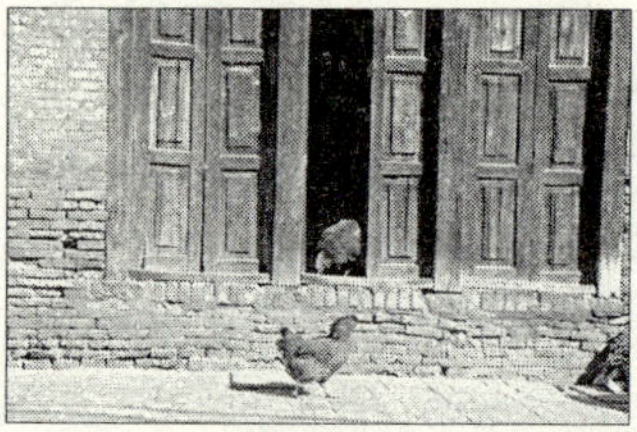

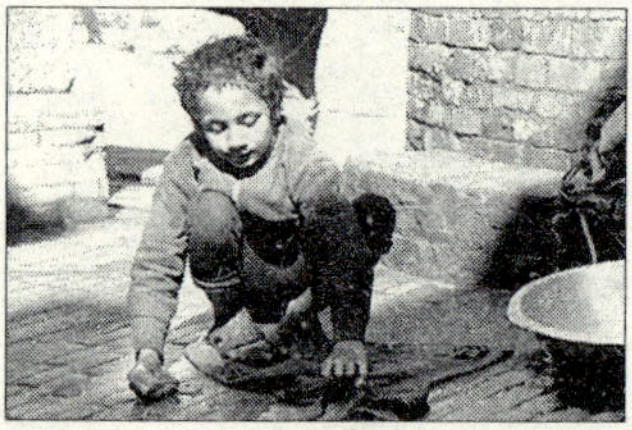

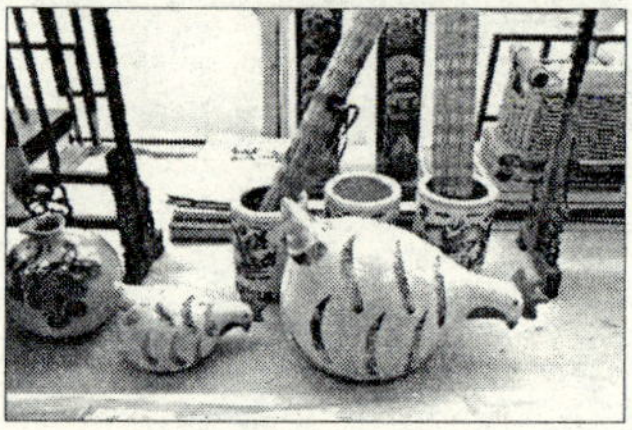

微信语：
落在时光里的句子

❖ 那一年……

停下，等风来。保持那个自己喜欢的自己。>09月28日

生命不是用来比较，而是用来完成。所以其实我们更需要的，只是在这个过程里，不断地播种收割自己。>09月29日

擦擦那些旧时光。>09月30日

每一个不曾努力的日子，都是对生命的辜负。>10月02日

读书的日子，岁月不曾苍老。>10月03日

时间一天天过去，好像什么都没变，但当你某天回首，却发现一切怎么都不同了？>10月04日

人在一起只是团伙，心在一起才是团队。>10月08日

每一段青春都会苍老，但我希望记忆里的你们一直都好。>10月09日

简单地生活，慷慨地爱，深深地在乎。>10月10日

生活的意义，就是能拥有"喜上眉梢"的状态。>10月11日

每一个不曾努力的日子，都是对生命的辜负。>10月12日

旅行要选择与你步伐一致的人同行，如果没有，那不如一个人。>10月13日

时光太瘦，指缝太宽。好多承诺被时间冲洗，被自己遗忘，被现实习难。能够实现一个，对自己就不会那么失望。>10月15日

如今手机越做越大，屁股小了都用不了智能手机了。>10月16日

今天能看到明年，明年可以看尽人生，是时候去改变了，因为你已不再年轻。>10月18日

越二越单纯地生活，才能忘记生命给我们的颠簸。>10月20日

回忆是美好的，只要你能让过去的都过去。>10月23日

世界上只有一个你，让我怎能不珍惜。>10月24日

旅行，是心灵的阅读；而阅读，是心灵的旅行。>10月27日

谁不是从卑微的角落站起身的呢？别让成长停顿。>10月29日

岁月永远年轻，我们慢慢老去，你会发现，童心未泯，是一件值得骄傲的事情。>10月31日

舍得不曾舍得的舍得会舍得。习惯不曾习惯的习惯会习惯。>11月02日

生活总是让我们遍体鳞伤，但到后来，那些受伤的地方一定会变成我们最强壮的地方。>11月05日

别抱怨房价，不是城市毁了我们，是欲望淹没了纯真。>11月08日

走着，走着，花就开了。> 11月12日

"在粗糙的石壁上／画上一丛丛火焰／让未来能够想起／曾有那样一个冬天"> 11月17日

回忆，是内心杜撰的一部小说。> 11月19日

在向阳的房间，看太阳的影子在四壁流转，这样的日子，满心欢喜。> 11月24日

所有文字，是我注定的跋涉。在这里，它们的出现，是一种深情的纪念。> 11月24日

每个人心里都有文字，只是有些人啰唆，有些人沉默。> 11月26日

有时候，我们需要晴空，有时候，我们需要冰凉。一年就要过去了，来不及整理。> 11月28日

我想，我们都能幸福地生活，带着别人不知情的欢颜，心照不宣。> 12月01日

在时光里，隔了日期，和记忆，我们彼此想念。> 12月03日

在我们的星星上，理想是最亮的光。> 12月04日

我数着十指等候。我数着时光告别。> 12月05日

这窗口，好像沉入深海的渔火，一撒手，便是稀落，便是无可寻觅。> 12月08日

在每个人的汪洋之上，是否都有一处彼岸？度过，便花团锦簇，灯火辉煌。> 12月09日

倘若注定孤单地生长，那么就得更加努力地抽出新枝，怒放花朵。> 12 月 10 日

我守着偌大的城，望颠沛流离的繁华。一边想念，一边遗忘。> 12 月 14 日

人生天地间，忽如远行客。> 12 月 15 日

奔波的人，相遇各自的未来，我们站在对岸，遥望彼此的火树银花。> 12 月 17 日

我是一个胆小的战士，一路冲锋陷阵，而战斗，是为了停止战斗。> 12 月 19 日

有多少故事，去了远方。> 12 月 21 日

宇宙是一座空山，容纳了时间的长，空间的广。与空山对坐，转瞬便已百年。> 12 月 23 日

时光啊，请你停下来。> 12 月 25 日

静别。之后，期待另一个开始。> 12 月 26 日

❖ 这一年……

万物美好，你在中央。< 01 月 02 日

幸福很简单，因为它那么轻。< 01 月 04 日

青青河边草，绵绵思远道。< 01 月 05 日

日子很好，冬天快乐。< 01 月 06 日

明天是一丛将开的春花，满是希望。＜01月11日

微笑向暖，安之若素。＜01月14日

美好的，在心里。＜01月15日

许一个愿吧，把它挂在只有自己知道的地方，再去未来找一个晚上看看它实现了吗？ ＜01月28日

愉快，是一张软布，可以擦亮旧了的时间。＜01月27日

在此刻珍重，身上衣，眼前人的幸福。＜02月05日

每一个当时，都稍纵即逝。稍纵，即逝。＜02月06日

跑步，可以跟风对抗，完全靠自己脚力和肺的勇气寻找新的风景。＜02月07日

不要因为走得太远，而忘记为什么出发。＜02月09日

目送，就是一张纸，包裹起注定的离别，作为生命留给自己的一份礼物。＜02月12日

不要试图鹤立鸡群，你就不该在鸡群里待着。＜02月16日

岁月被三言两语浓缩，然后一边大声叮嘱着"常联系啊"，一边向两个方向走。＜02月19日

文字，是一面分明的镜子。＜02月19日

岁月长，衣衫薄，那一场丰衣足食的考试。＜02月23日

熄灯后，如果只有自己，倒是一份踏实。＜02月24日

纯真，是一种光芒，是一种力量。＜02月28日

生命短暂，不如意太多，我只好用剩下的时间去开心。＜02月

26 日

阳光漫过窗子，进一寸有一寸的欢喜，时间令固执变得温和。＜03月05日

停下，是为了再次出发。＜03月06日

等待，春暖花开。＜03月07日

走过很多地方，发现，最美的风景是人。＜03月10日

面带微笑，会让你更漂亮。＜03月11日

某些经历，会考验最温暖的陪伴。＜03月12日

后天亲人不是等来的，是你付出对等的诚意换来的，所谓彼此彼此。＜03月14日

岁月很善良，有足够的时间让你遇到更好的人。＜03月15日

时间很美。花儿争先恐后地开了。＜03月17日

你究竟有几斤几两（代跋）

文·白花花

改名记

王小柔现在管自己叫王艺锦了。这恶俗的名字，在周围朋友中引起了强烈的反响，大家争先恐后地给她起外号，比如王一斤，或者王八两。这是她咎由自取，因为她自己就经常给别人起外号，一个同事姓穆，因为身体柔弱雨打芭蕉的样子，她就叫人家"木精神儿"，还有一个同事姓陈，爱管闲事乐于助人，她酸溜溜地称呼人家"陈完美"，姓邱的同事不过就是身材丰腴了点儿游泳圈厚实了点儿，她非说人家腰上系了一圈手雷，特没素质地喊"胖艳"都喊了好几年了。我这个"白花花"的名字，也是她几年前嫌弃我写不出东西，让我干脆出一本无字书，厕所没纸了还能救个急。

所以我不同情她，甚至幸灾乐祸。但她不在乎，还把版上的名字从原名"王晨辉"改成了"王艺锦"，也就是说，为了这个风尘味儿十足的"小三"，她连"原配"都给休了。而改名的缘起，据我所知，是因为她的一份体检报告。报告里面说她嫉妒、悲伤又经常妄想。这事儿太找乐了,当初我俩一起去体检时,白大褂剪了我们几根头发,说是什么心理测试,结果就出来这么一个玩意儿,我也好不到哪儿去,基本就是一神经病,跳大神都没见这么耍人的。但王小柔不乐意了,并迁怒于她的名字,于是她决定改,而且态度极其坚决,给我发短信又研讨了好几天。她给了我几个选择:王焕羽、王艺锦、王晨帆、王铁钢,说是请大师算的。估计这大师也没见过她本人,不然她长得再像个女汉子,也不带用"铁钢"这样的名字对付人的。我反对,我说中年妇女没这么玩的,而且,谁喊你新名啊?没人喊就改不了运。她乐观地说能让快递每天喊就行。我说那你叫王铁钢吧,多硬气,神鬼都不敢惹。她表示同意,然后就叫了——王艺锦。

在她眼里,我就是浮云。

买鞋记

因为我圆滚滚的身材,王小柔在我面前优越了很多年。

在她看来,我天生跟衣服有仇,穿什么她都能火眼金睛地看出我的破绽,然后毫无顾忌地嘲笑,开头一般都是:哎呀——你腿儿更短了;哎呀——你胳膊还能再粗点儿吗?

哎呀——你怎么又变矮了？显得特欠抽的样子。

有一次在天津人艺大舞台上主持节目，她从台上特意跑我面前，用手抻着牛仔裤腰跟我抱怨：哎呀，你看我这裤子，又肥了一圈，往下掉啊，你把皮带借我。不由分说，就把我皮带扯下来了。我忧伤地看着她的背影，然后提着裤子默默地回到了座位上。其实，我裤子也肥，她就没看出来吗？

她在上面神采飞扬地蹦跶着，话茬子没落地儿的时候，这让我很欣慰，以前人一多她就选择性自闭，现在可算找到自信了，哪儿都能白话半天。只是她还穿着平时那身休闲装，看着一点儿进取心都没有。这么多年，她的服装几乎就没变过，夏天，上身T恤，下身仔裤，冬天，上身卫衣，下身仔裤，都让我有严重的审美疲劳了。她有过一次改变冲动，那是在主持王小柔阅读会前，听说有远道贵客要来捧场，这让她上了心，决定买一件有江南风情、特别淑女味儿的旗袍，以表自己的面客诚意。恰好同事"陈完美"穿了一件类似的，于是就把任务交给了这美女。

美女是一个有点儿强迫症凡事都做到最好的人，光旗袍哪儿行啊，还得有鞋子有包包啊。小柔断然否决了包包的建议，她觉得花那钱冤枉，不如一个面口袋来得实惠。鞋子的问题，她禁不住美女的一再请求，勉强答应了，但财迷的她把价钱定在了二十元以里。"陈完美"多不怕麻烦的一个人啊,搜索了一下午,终于找到了一双十七块八毛的。小柔嫌是塑料的,不贵气,就把价格提到了五十元,美女依然尽心尽力地找,小柔又嫌花色难看,提到了七十元。反正折腾了几回合,最后以一百二十元的价码尘埃落定。但这事儿没完,"陈完美"让小柔在办公室脱了鞋当场量脚底板子,然后说网上的鞋都得买大俩号的,再然后,下单,苦等,穿上脚,太大,小柔没敢吭声,直接送给了她侄女。我嘴多快呀,把这事儿迅速传给了"陈完美","陈完美"自己掏腰包悄不声地又订购了一双小号的,结果,还大,我又迅速转播,"陈完美"幽怨地看着我说:小柔这人太较真儿,跟鞋都过不去,上次明明试了这个号的鞋,正好,怎么买来就不行呢?

为了对此事有个交代,有一天下午例会时,当着全体同事的面,小柔旗袍上身,鞋子套上,在办公室里走了两圈,然后跟我合影留念,再然后,都脱下来给掖进了包里,从那以后,我再也没见过这身行头。我认为她很有自知之明,因为她穿这个旗袍,配不上她的螃蟹步,赶上眼神不好的,还以为那旗袍给做歪了呢。更何况,她胖了,能把衣服上的平面碎花穿出3D效果,这太让我扬眉吐气了。

终于,她追赶上了我的胖的脚步。

减肥记

胖的问题让我和小柔空前紧密起来。

原来吧,我俩面对面坐着,能用网络传情达意就绝不费嘴皮子,偶尔抬眼皮看一眼对方就是很给面子了。

但是我搬走了。结束了我俩长达十七年的对桌生涯。小柔一直腻味我对着她喷云吐雾,所以单间办公室一腾出来她就欢欣鼓舞地催我赶紧搬。前脚刚走,后脚"胖艳"就占了那个位置。一点儿余地都没给我留。

别看我俩才隔了二十多步距离,但同样能产生美。自我搬了地方,小柔每天都双手插裤兜在我那儿巡视两圈,我踱步到她跟前时她也能跟我多说两句话了。我们找回了友谊的甜蜜,我看她也不觉得那么碍眼了。

同时,我们俩又有了共同的奋斗目标——减肥。

一开始王小柔决定通过打羽毛球这种大运动量的运动来达到快速减肥。我理解她的这种迫切,因为以前嘲笑我的人现在把注意力都转到了她的身上,这让她觉得很不爽。我安慰她,我说时间是公正的,报应这个词儿不是瞎编的。但我还是决定跟她共患难,谁让姐俩儿好呢?

小柔却不这么认为,她嫌弃我岁数大体力跟不上她的节奏，找了一个二十多岁的小姑娘跟她一起练。我很难过，女人何苦歧视女人？

结果没多久小姑娘不干了，人家年纪轻轻的，凭嘛老跟着一中年妇女混啊？于是小柔决定在下班后跟我上跑步机。我原谅了她，谁没个朝三暮四的时候，对吧？

真没想到小柔有那么大的狠劲儿。别人刚开始锻炼都悠着点儿，她不，前四十年她多走两步路都觉得冤，上了跑步机，她的小宇宙爆发了，她不换健身服，不做热身活动，穿着牛仔裤披头散发直接上去就狂跑，每次十五公里，然后汗淋淋地冲进夜幕往地铁赶，也不怕风拍着。

我每天暴走五公里基本没啥效果，只能眼睁睁地看着狂人小柔蹭蹭往下掉肉，半个月时间居然减了十斤。她得意了，结果就是，不陪我玩了，借口是儿子土土需要她的贴身陪伴。可世界上哪儿有那么便宜的事情呢？没过一个月，她又回到了我身边，因为不知不觉，她的体重回到了原位。

这次她更发狠了，运动量是原来的两倍，呼哧带喘的还告诉我不累，更神奇的是，天儿还没那么凉，她就套上了秋裤，说这样能多出汗。只是她再疯狂，分量就戳在那儿，不增不减。人一绝望吧，就容易走极端，虽然这次坚持了很久，但每天回家她都要狂吃，我说你不能这样啊，不白练了吗？我明显听到她咀嚼的声音，说话含糊不清，不过有几句我听明白了：我妈说，饭不能剩，扔了可惜，我今儿吃了三碗面条，大碗的。

大碗吃面的豪爽的小柔，自始至终没有改变的一个习惯就是：晴天打伞。也不知道她怎么就那么怕阳光，多阴暗的人啊。有一天中午，几个朋友吃火锅吃得腰滚肚圆，出来一看，初冬晴好啊，走走吧，小柔表示同意，然后，迅速地从包里掏出一把灰色的伞，咣就撑开了。我们几个，赶紧打车溜了。我扭头从车后窗看了她一眼，她正笑模笑样地扭搭在人群中，特别显眼。我问司机师傅：您见过大冬天打阳伞的吗？师傅想都没想，脱口而出：介不吃饱了撑的吗？

我摸摸自己的肚子，寻思：确实撑着了。

闺蜜记

笼统地说，小柔算是我的闺蜜。

之所以不确定，是因为我觉得闺蜜至少是一块儿逛过街、一块儿睡过觉、一块儿哭一块儿笑的，我俩倒是经常在一起傻笑，其他的，从没干过。

我还记得有人测试过一道题，问你有没有这样一个闺蜜,当你难过或幸福的时候,就会想起打电话给她。小柔第一个映入我的脑海,又很快被我否定了。难过的事儿不能告诉她,她比你还愁苦,会一个劲儿地问:怎么这样啊?咋办呢?咋办呢?你说咋办……这时候你只好装作特想得开的样子,转过头来安慰她,憋屈不憋屈?幸福时最好也别让她知道,因为她一高兴准得让你请客。

事实上,我们俩更像是兄弟情深,过滤了细腻的情感,不喜欢儿女情长,不往深里去探究,有事儿说话,你不说我怎么知道呢?当然说了也未必帮得了。对,就是这种关系。

所以我俩的朋友,除了要好的几个同事,几乎没有交集,朋友圈都两拿着,也从来想不起要给对方介绍一下,介绍也不去,没劲。哦,我倒是有一次愣拽着去参加了我朋友一个局,人家是个大老板,倍儿崇拜她,她那个不情愿啊,要不是我在旁边瞪着她,估计她一晚上都不说话,光埋头捡虾仁吃了,显得特别没见过世面。饭局后我问她,你多说两句话会死啊?她笑嘻嘻地说,嫌我丢人下次别叫我。然后,哼着小曲儿走了。

就这么一个人,不柔情万种,不兰心蕙质,不"你若安好,便是晴天",全都沾不上边,但有时,我说的是有时啊,如果见到她对着电话特别温柔地轻声细语,十有八九是跟她儿子土土在说话,当然了,如果看到她点头哈腰地谄媚样儿,甭想了,是土土的班主任。

土土是个好孩子,爱看书,懂礼貌,爱扶老太太过马路,但不知为什么,屡屡被班主任告状,今天推了同学一把,明天跟老师顶嘴了,后天课堂作业没交,反正各种鸡毛蒜皮的小事儿都能惊着小柔。小柔搜肠刮肚把能想的好话都说了,但还是经常被老师请过去。我觉得这事儿比较诡异,我说你肯定在哪方面得罪老师了,不然不会这样。她想了想说,那就让土土上老师的小班吧。如此,小柔消停了一段时间。但最近,又开始了。我问她,是小班不上了吗?小柔在我面前很大义凛然:就不惯这毛病,小班也就看着孩子写作业,在家不一样吗?我说那你就得认头让老师治你。她哼了一声:治去。电话一响,她的腰立刻又自动弯下来了,一个劲儿地说:对对,行行行,下班后我就过去……

看着她匆匆离开的背影,我明白,多么顽强、多么愿意给别人带来快乐的人,在面对欺负时,也得妥协,然后第二天,把自己的窘境再添油加醋地拿出来八卦一下,笑声中,觉得妥协也不是什么大不了的事儿。

其实相识二十年,我们遇到过很多难处,也相对无语地茫然过,但人到中年,如果依然还在彼此身边,知道对方几斤几两,也还能为某件事儿某个人欢声笑语,我觉得这也是生活最大的恩典。

小柔在她的微博里说过这么一句话：保护好内心的善良和热爱吧，那是不需化妆的面孔。我觉得，至少我们做到了。